Narratori Feltrinelli

Manuel Vázquez Montalbán

La bella di Buenos Aires

Traduzione di Hado Lyria

Titolo dell'opera originale
LA MUCHACHA QUE PUDO SER EMMANUELLE

Traduzione dallo spagnolo di
HADO LYRIA

Prima edizione ne "I Narratori" gennaio 2013
Terza edizione febbraio 2013

Stampa Nuovo Istituto Italiano d'Arti Grafiche - BG

ISBN 978-88-07-01938-8

La bella di Buenos Aires

1.

Tutto cominciò con un fax

Biscuter aveva chiesto udienza, e nonostante la risposta svogliata di Carvalho, "hai bisogno di un'udienza per parlare con me?", la richiesta di un incontro formale seguì il suo corso, ed eccoli lì entrambi, ai lati opposti della scrivania, Biscuter con il sopracciglio inarcato delle grandi occasioni e la linguetta a lubrificare le labbra per far scivolare meglio le parole che gli si prospettavano difficili.

"Lei, capo, manca di modernità."

Già detto e sentito. Carvalho processò mentalmente la frase senza smettere di tener d'occhio Biscuter, ma anche senza invitarlo a continuare. Senza successo.

"Manca di modernità e di dinamismo in tutto quello che fa. Dovrebbe ottenere la modernità mediante il rinnovo dei mezzi tecnici, e il dinamismo grazie a un miglior sfruttamento delle risorse umane a sua disposizione. Si starà chiedendo di quali mezzi tecnici stia parlando questo tizio, che poi sarei io, di quali risorse umane. Una domanda logica, perché in questo ufficio l'unico mezzo tecnico presente è il telefono, e l'unica risorsa umana è lei. Passa l'intera giornata a parlare della crisi, dell'inutilità del detective privato in una società cinica come la nostra. Ma lei non fa niente per cambiare la situazione. Si è mai fatto pubblicità come detective? Lo sa cos'è un fax? Un computer? Il cd-rom? Internet? Ha qualche idea di come potrebbe aiutarla un controllo delle reti di informazione? Non mi risponda e mi lasci parlare. Da quando sono stato a Parigi nel 1992 per seguire quel corso di zuppe e minestre, il mio orizzonte mentale è cambiato. In quella città mi ero comprato un libro decisivo: *L'Etat des médias*, un libro molto scientifico curato da un erudito, Jean-Marie Charon. Ero così interessato a quel che sì e no capivo, che dal 1992 a oggi ho seguito un corso di francese per corrispondenza e ora sono in grado di sottoscrivere le principali asserzioni degli eminenti scienziati che hanno collaborato all'opera. Una soprattutto: *L'informatisation des sociétés industrielles, amorcée au tournant des années quatre-vingt, a transformé le paysage médiatique: des nouveaux territoires se sont constitués. Des jonctions s'opèrent entre les domaines de l'information, des télécommunications et des médias traditionnels. De cette synergie émergent à la fois des nouveaux médias...*

"Vada al concreto, eminenza."

"Concretamente: *Les théories apparaissent plurielles, éclatées, dans un contexte où les médias explosent et prennent de plus en plus d'importance dans nos sociétés*. Teorie pluralistiche, aguzzi le orecchie. Pluralistiche. Mai e poi mai la peggiore delle teorie, che poi è la sua: l'immobilismo."

Carvalho aveva bisogno di guadagnare altro tempo e sollecitò Biscuter con un gesto generoso a esporre le sue proposte.

"Per il momento, bisogna farsi pubblicità sui giornali e subito dopo prendere un fax, non vorrei che mentre sto rigirando un manicaretto mi interrompesse il telefono, e lei sa bene quale sottile chimica talvolta si incontri nei miei piatti. Con questi due elementi, in attesa che lei o io stesso si passi alla cybernautica per cercare clienti attraverso internet, il miglioramento delle sue risorse umane richiede che io prenda le funzioni di investigatore privato associato, come già accadde in *Roldán né vivo né morto*. Conoscendo la sua tendenza a lasciare che i problemi si addormentino o si dimentichino di lei ammucchiati su questa scrivania o nel suo cervello, mi sono permesso di redigere questo conciso annuncio e aggiungere il numero del fax, solo quello del fax, dato che richiedere un incontro per iscritto sarebbe come prendere un impegno."

"Di quale fax stai parlando?"

Carvalho lesse il contenuto del foglio a quadretti che gli veniva porto:

Carvalho & Biscuter, detective associati.
Amici e intermediari che l'aiuteranno a orientarsi
nella giungla dove *homo homini lupus*.
Fax...

Gli occhi di Carvalho percorsero diverse volte il testo e la breve strada che separava il foglio di carta dall'ansioso atteggiamento di Biscuter.

"Finalmente colgo il filo di un discorso, Biscuter."

"Questo è lo scopo, capo."

"Mi levo il cappello davanti alla tua capacità di teorizzare sui media e sul ruolo dei detective privati."

"L'ho letto l'altro giorno nelle conclusioni di un simposio sugli Intermediari nel Capitalismo Avanzato: l'avvocato specialista in divorzi, l'agente delle tasse, lo psichiatra, il detective privato. Forse le risulta difficile accettare il concetto di detective associati."

"Mi affascina. L'enunciato mi piace molto di più, anche se per il momento il contenitore non corrisponde al contenuto."

"Così mi piace, capo, che modifichi il suo linguaggio. Molto cazzuta la faccenda del rapporto contenitore-contenuto."

"Non solo. Porta avanti il tuo piano, ma ti prego di modificare parte del testo. Per esempio, invece della giungla e della società in cui l'uomo è *homini lupus*, metti solo Carvalho & Biscuter, detective associati e il numero di fax."

Carvalho meditò tutta la notte sulla nuova situazione, soprattutto sul nuovo atteggiamento di Biscuter, uscito dalla sua comoda passività approfittando dell'eccesso di abulia del detective. Decise di lasciarlo fare fino a nuovo ordine, e di ritorno in ufficio il giorno dopo trovò accanto al telefono un fax e diverse scatole le cui etichette promettevano un contenuto di svariate modernità. Tutto era provvisorio. "Sottoposto al suo verdetto, capo", chiarì Biscuter, e il verdetto consistette nell'accettare il fax ma nel rifiutare le scatole cibernetiche senza attendere le spiegazioni del nuovo socio.

Carvalho non aveva ancora ben capito il marchingegno che secondo Biscuter avrebbe cambiato le loro vite, che già la mano del socio gli proponeva con uno svolazzo da torero la pagina di "El Periódico" dove figurava l'annuncio:

Carvalho & Biscuter.
Detective associati.
Nuove tecniche criminaliste.
Fax: 2236728.

"Mi sono permesso di aggiungere 'nuove tecniche criminaliste' perché si tratta di tre parole indispensabili per vendere il nostro prodotto. Nuove, tecniche, criminaliste. Tre parole prestigiose di per sé."

"Non mi è chiaro il termine criminaliste. Alla gente non piace chiedere aiuto ai criminalisti, ricorda troppo i criminali."

"La gente sa già che un criminalista è uno scienziato esperto in crimini, non un criminale."

Rimasero entrambi in attesa che il fax iniziasse a funzionare, ma dato che l'animale rimaneva chiuso nel suo ermetismo, Biscuter si ritirò nel cucinino per preparare il pranzo: spaghetti alla genovese e blanquette d'agnello al curry, e mentre cucinava aggiunse una complicata spiegazione a proposito della denominazione "alla genovese" letta su un giornale: è come un pesto, ma con l'aggiunta di verdure, soprattutto fagiolini e persino qualche tocco di patata; quanto alla blanquette al curry, è una blanquette con un cucchiaino di curry, condita con l'olio al posto del burro. Cucina mediterranea, precisò Biscuter, e Carvalho aggiunse alla sua collezione di sorprese le conoscenze dietetiche del suo collaboratore. È addirittura possibile che Biscuter abbia una memoria, pensò, e glielo chiese:

"Biscuter, tu ce l'hai, la memoria?".

"La memoria ce l'hanno tutti. Ciascuno rumina sulla propria, e ci sono persone che passano l'intera giornata a parlarne, ma la maggior parte rumina, mi spiego, capo? È come una pietanza che ti torna in bocca perché non è stata ben masticata."

"È una versione pessimista della memoria."

"Non ne ho un'altra. Preferisco pensare al futuro."

Non gli chiese se avesse un futuro perché gli pareva quasi un insulto, né trattenne negli occhi interni l'impressione fugace, interessatamente fugace, di un Biscuter che stava invecchiando. Quanti anni aveva Biscuter? Chi era Biscuter? Come si chiamava Biscuter in realtà? Come saperlo senza domandarglielo? Gli spaghetti alla genovese o come diamine si chiamavano erano buoni, sapevano di cibo casalingo, antiteologico, se si considera che l'alimentazione ha una sua teologia dell'alimentazione che proibisce, per esempio, di mescolare la pasta con le patate bollite insieme a qualche verdura. Un solo fagiolino isolato sul letto di pesto leggero gli ricordò certe cene dell'infanzia; stava perdendosi dietro ai ricordi quando d'un tratto squillò il telefono e Biscuter trattenne con un gesto l'intenzione di prendere la cornetta, e con un dito sulle labbra impose il silenzio. Il telefono si era tacitato, ma dal nuovo apparecchio emersero suoni di preparazione a un interminabile decollo e un foglio di carta cominciò a uscire da una fessura, venendo alla luce prima timidamente e poi desideroso di mettere fine al travaglio. Un foglio. Un foglio soltanto. Silenzio. Biscuter prende l'iniziativa di staccarlo e, senza leggerne il contenuto, lo porge a Carvalho.

"Avrei bisogno di consultarla in merito alla ragazza che avrebbe potuto essere Emmanuelle. Dorotea Samuelson."

2.

A quale parte del suo passato appartiene un uomo?

La donna ha occhi verdi, capelli da ragazza tinta di biondo e una pelle del viso trascurata che riassume le cicatrici di sessant'anni suonati. È una militante della sincerità biologica. Non vuole ingannare nessuno sul rapporto tra il suo aspetto e la sua età, o forse semplicemente non vuole ingannare se stessa.

"Dorotea Samuelson. Sono nata a Buenos Aires sessantatré anni fa, ma vivo da molti a Barcellona. Do lezioni. Di antropologia. Credo."

"Lo crede soltanto?"

"I confini tra antropologia filosofica o culturale, a seconda che si consideri un'antropologia dell'essenza o delle caratteristiche umane. I confini dell'antropologia: questo è il problema. Così ebbe inizio per me questa passione nel mio paese. Buenos Aires era il mio passato, almeno così credevo io, ma di tanto in tanto il passato si aggiorna, invade il presente, quel presente come inquisizione cui si riferiva Sciascia, uno scrittore italiano, non un antropologo. Nel passato è rimasta per sempre una parte di noi stessi. Talvolta la parte fondamentale di noi stessi."

Carvalho parlò tra sé e sé mentre contemplava la gonna complessatamente lunga della signora Samuelson.

"A quale parte del suo passato appartiene un uomo?"

Dorotea l'aveva interpretata come una domanda rivolta a lei.

"Noi donne abbiamo il diritto di porci la stessa domanda?"

Carvalho la guardò in faccia con un misto di gentilezza e di riservata indifferenza.

"Sì. Anche voi donne. Vi riconosco l'uguaglianza nel campo della memoria. Persino una maggior capacità di falsificarla."

Dorotea Samuelson strinse i suoi verdi occhi.

"Soprattutto per falsificarla, no? Saint-Exupéry scrisse che apparteniamo al paese della nostra infanzia: è vero, ma non del tutto. Io non appartengo a quella bambina che sono stata, né alla memoria dei miei genitori, né a Rocco, il mio ex marito, quando vivevamo insieme, né ai militari quando mi tenevano desaparecida. Forse appartengo a un momento, un momento che ricordo solo a tratti, fugace. Fugace come l'ala di un angelo, come una foglia troppo leggera per le mie tempeste interiori. Orson Welles chiamò quel momento *Rosebud* in *Quarto potere*. Oppure appartengo alla memoria di un ragazzo di cui mi innamorai pazzamente: si può essere innamorati pazzamente solo per ventiquattr'ore; stupidamente, per ventiquattro anni. Tutta una vita. Volevo per l'appunto parlarle di un frammento del passato del mio ex marito, di Rocco. Poco dopo il mio arresto, lui prese a nascondersi di qua e di là e in quel periodo ci fu una ragazza nella sua vita. Avrebbe potuto essere qualcosa di definitivo. Una sua alunna, bellissima, che voleva diventare una star di Hollywood, e di fatto..."

Tardava a offrire un'alternativa a quel che aveva detto o a finire di precisarlo.

"Di fatto, cosa?"

"Quella ragazza fu sul punto di diventare Emmanuelle."

"Emmanuelle?"

"Emmanuelle, non se la ricorda? Ma in che mondo vive? Quel personaggio da romanzo e da film porno, porno soft. La discepola del mio ex marito, di Rocco, fu sul punto di essere la Emmanuelle argentina."

Carvalho ritrovò la memoria di colpo e con essa la poltrona di vimini che aveva protetto le nudità della prima Emmanuelle: Sylvia Kristel. La Emmanuelle argentina doveva somigliare alla Kristel, avere le sue stesse ossa lunghe e squisite, la faccia da ragazza stupita dalla propria capacità di perversione e posare come lei con le tette al vento e la sigaretta fumante in fondo a un lungo bocchino. Ricordò una collana di vetro – o era di perle? – che le reggeva uno dei seni rotondi, piccoli, madreperlacei, il musetto leggermente rosa sangue, un capezzolo da adolescente non ancora martoriato da alcun labbro o dente.

"Cosa successe alla Emmanuelle argentina?"

"Non lo so. Si tratta di questo. Mi chiedono di rintracciarla in Spagna, perché venne qui verso la fine degli anni settanta o gli inizi degli ottanta, in fuga, o perlomeno misteriosamente. Per ragioni legate a una persecuzione, della dittatura, suppongo, anche se a quei tempi il grosso contingente di quelli di noi sfuggiti alla repressione era già uscito dal paese. Lei dev'essere arrivata in Spagna negli anni ottanta."

"Chi le chiede di rintracciarla?"

"Questo non glielo posso rivelare."

Non è l'unica cosa che non può o non gli vuole rivelare, e Dorotea gli procura solo una traccia sicura a Barcellona, più un'altra, un po' meno sicura.

"Quella sicura?"

"Una sorella di Helga, Helga è la ragazza che avrebbe potuto essere Emmanuelle, che si è stabilita a Barcellona per ragioni di lavoro del marito, un dirigente importante in una multinazionale. Forse lei conosce i suoi spostamenti."

"Perché non ci va lei, da questa sorella?"

"Fa parte delle mie limitazioni. Quanto alla traccia insicura, è quella di un regista teatrale argentino che lavora da queste parti e che si era mosso agli inizi della presunta carriera cinematografica di Helga. Posso offrirle questi due punti di riferimento: la sorella e il regista teatrale, Alfredo Dieste, che lì era molto noto; qui si guadagna da vivere alla bell'e meglio."

Come cercare una donna le cui radici sono in un altro paese? Che garanzie ci sono che non sia tornata a Buenos Aires? Dorotea, quando non pronuncia delle frasi, fa inchieste.

"Lei cosa sa di Buenos Aires?"

"È curioso. Questa è la stessa domanda che mi fa un mio zio che ha passato quasi tutta la vita in Argentina e adesso vuole che vada lì a rintracciare un figlio mezzo desaparecido. Cosa sai tu, Pepiño, di Buenos Aires? E io rispondo la stessa cosa che dico a lei: desaparecidos, Maradona e tango."

"Non male per un gagliego, come chiamiamo gli spagnoli da noi. Almeno ricorda i desaparecidos. Io sono stata una di loro e per un pelo non sono desaparecida del tutto. Quell'esperienza mi ha distrutto la vita, e quando tornai libera il mio matrimonio era andato in frantumi, la mia vita accademica spazzata via e a malapena feci in tempo ad attraversare la frontiera del Brasile mescolata ai turisti in visita alle cascate di Iguazú. A volte ci torno, ma Buenos Aires è vuota: del mio tempo, delle mie speranze, dei miei amici, dei miei amici desaparecidos, di me stessa. Non dimentico e non perdono."

Dai più reconditi sostrati culturali di Carvalho affiorò la rabbiosa proposta di Margarita Nelken contro il franchismo: "Né oblio né perdono", una bella consegna, che si sarebbe meritata la stessa fortuna del "No pasarán" della Pasionaria. Venne fissato l'appuntamento per incontrare il teatrante Dieste, in presenza di Biscuter, appena giunto dal mercato della Boquería con la sporta piena di sgombri e spinaci per cucinare i pesci al forno su un letto di verdure e aglio verde. Carvalho gli fa un riassunto della situazione, tenendo conto del suo nuovo ruolo di investigatore associato.

"Ottima prospettiva. Io posso procurarle un'infinità di contatti con il mondo delle luci della ribalta."

Biscuter si aspettava la sorpresa di Carvalho.

"Lei chiude bottega tutte le sere e se ne torna a Vallvidrera. Io rimango, sono rimasto da solo molte ore in quel bugigattolo là dietro, e adoro andare ai teatri e alle feste. Lo sapeva che per anni mi sono guadagnato qualche peseta lavorando come cameriere fino all'alba alla Buena Sombra, o al Bagdad o alla Dolce Vita?"

Carvalho aveva bisogno di una boccata d'aria, di levarsi di dosso i diversi Biscuter che si riproducevano come acari nello spazio dell'ufficio, del cucinino separato da una tenda, della stanzetta minuscola dove lo sgorbietto aveva dormito per vent'anni. Tutto era cominciato in modo provvisorio. Vent'anni prima. Ricordava le proteste di Biscuter: "Conosco la sua tendenza a lasciare che i problemi si addormentino o si dimentichino di lei, ammucchiati su questa scrivania o nel suo cervello". Si inoltrò nel Barrio Chino quasi palpando i vuoti lasciati dagli isolati abbattuti dai bulldozer, in un'implacabile distruzione del labirinto che nel passato era stato l'inguine della città. Persino la letteratura aveva occupato uno spazio in una piazza intitolata a un certo Pieyre de Mandiargues, un uomo con l'unico merito di aver scritto un romanzo in calle Escudillers, di essere andato a puttane in una casa di appuntamenti di calle Barberá e di aver mangiato al Casa Leopoldo. Invece, avevano fatto fuori l'isolato, gli edifici, la casa in cui era nato e vissuto il poeta Joaquín Marco, conosciuto da Carvalho mentre facevano la fila per l'acqua davanti alla fontana di plaza del Padró. Passano degli elicotteri. Probabilmente stanno disinfestando i batteri della memoria con la modernità. Al Casa Leopoldo, Germán riguarda con calma un album di foto invecchiate, e sua figlia Rosa racconta a Carvalho di essere appena tornata da Buenos Aires, dov'era andata a trovare una sua amica, l'attrice Cecilia Rossetto. Buenos Aires, grugnisce Carvalho. Buenos Aires, grugnisce ancora.

3.

Chi può odiare così tanto un barbone?

Dato che il corpo era a terra, la capoccia e i piedi che spuntavano da una copertura di cartoni, i viaggiatori mattinieri della metropolitana stavano lì in cerchio cercando di completare il design di quella morte imballata. La polizia si sforzava di tenerli a distanza, e l'ispettore Lifante aspettò che si fosse sufficientemente ritirata l'avanguardia di curiosi per alzare il sudario di cartone. Il design si completava. Una donna grossa, con i capelli bianchi, sporcizie archeologiche sulle sue gambe nude fino al sesso, circondata da sacchetti di plastica pieni dei residui più residuali, la composizione delle miserie che attornia i barboni.

"Che bisogno c'era di ammazzare questa disgraziata?" Non c'era emozione nelle parole di Lifante, il Testa d'uovo, come veniva chiamato dal corpo di polizia.

"Lifante, i barboni fanno una brutta fine" disse un poliziotto in borghese.

"Ogni giorno ci sono sempre più barboni. Più morti di fame. Quante pugnalate?" domandò Lifante a un suggeritore vestito a lutto.

"Dodici o tredici, e convinte. Il coltello è entrato fino al manico. L'ultima pugnalata è stata al cuore, in realtà due, una dietro l'altra e nello stesso punto."

"Tutti questi particolari, che restino tra noi. Chi può odiare così tanto un barbone?"

"Un altro barbone" rispose il poliziotto esperto in barboni.

Lifante si accovacciò per avvicinarsi al corpo vestito di stracci, ma non lo toccò.

"Barboni non si nasce. Dietro questa donna c'è una storia. Un nome. È stata identificata?"

"No. Non aveva con sé né un documento, né niente del genere. È rimasta morta a lungo sotto i cartoni, e i passanti devono aver pensato che stesse dormendo. Non hanno nemmeno notato il sangue secco intorno a lei. Devono aver pensato alla sporcizia che usciva dai cartoni. Non è il primo barbone stecchito che resta qualche giorno sotto i cartoni."

"Come fai a sapere così tanto sui barboni?"

"Lei ha già conosciuto Contreras, il suo predecessore. Negli ultimi tempi gli era venuta la fissa che la polizia del futuro dovesse essere una polizia specializzata e mi incaricò di occuparmi della nuova emarginazione. Aveva letto non so dove che saremmo caduti in una nuova povertà e nei suoi derivati delittuosi."

"I barboni rappresentano la vecchia povertà. Interrogate gli altri barboni che si aggirano abitualmente a questa fermata. O chiunque altro. I barboni mi sembrano tutti uguali. Come i cinesi. A lei non capita la stessa cosa, Celso?"

"Quelli di qui se la sono filata, e quando li troveremo non avranno visto niente, non sapranno niente. Un regolamento di conti tra loro. Di solito sono dei gran selvaggi, e per ragioni che ad altri possono sembrare cretine."

Lifante si mise in piedi.

"I codici, Celso, i codici. In una stessa società c'è una galassia piena di codici e di segnali. Ogni essere umano è un sistema di segnali, per questo dovremmo applicare la semiologia per la decifrazione dei messaggi delle persone."

"Lei, non c'è verso di tirarla fuori dalla semiologia."

Lifante uscì precedendo il corteo che portava il corpo della barbona assassinata su una barella. Si fece strada in mezzo al pubblico. Respirò a pieni polmoni, come se gli mancasse l'aria, e spintonò con una certa rozzezza i curiosi che gli sbarravano il passo.

"A voi, vi è morto qualcuno?"

"La chiamano dalla questura."

Lifante prese il telefono che gli allungava l'aiutante. Ascoltò il messaggio prestandogli sempre maggior attenzione, e quando ebbe finito non diede le spiegazioni che si attendevano i poliziotti intorno a lui. Si voltò verso l'uomo a lutto.

"Ribadisco. Discrezione sui particolari e rigorosissimo studio di cause e circostanze."

"Non è una barbona come tante?"

"Forse no."

Lifante uscì dalla fermata della metropolitana di plaza Urquinaona e rinunciò a salire sull'auto della polizia. Camminò a lunghe falcate verso la Questura di Vía Layetana seguito a un passo dallo zoppicante esperto di barboni. Lifante si fermò davanti alle nuove ali del Palau de la Música Catalana e le mostrò al suo scudiero.

"Ecco qui uno splendido esempio di integrazione di contrari temporali all'interno di uno stesso messaggio del contenitore e di una stessa funzione del contenuto."

Il barbonologo alzò gli occhi al cielo, non per trovare una spiegazione alle parole del suo capo, bensì una via di fuga. Ma non ci riuscì.

"Venga con me, Cifuentes."

Lo portò fino alla porta laterale del Palau.

"Se non ci fossero dei curiosi, mi sdraierei per terra per apprezzare l'armonia tra la verticalità e il barocco insito nel sistema di segnali del modernismo catalano. Ha il coraggio di sdraiarsi per terra insieme a me?"

"La polizia potrebbe arrestarci."

"La polizia ci arresta: ci arrestiamo da soli perché siamo consapevoli di essere poliziotti. Vero?"

"Verissimo."

Completarono il percorso fino alla Questura e, ormai liberatosi del suo aiutante, Lifante si incamminò verso gli uffici ai piani superiori, dove lo attendeva una riunione presieduta dal Delegato del governo in Catalogna. Se ne stavano rilassati a parlare di calcio e si concentrarono un po' solo quando il Questore iniziò a parlare.

"Abbiamo ricevuto un'informazione confidenziale. È stata rinvenuta una barbona assassinata nella metro di Urquinaona."

"Vengo da lì."

"Secondo l'informazione, non si tratta di un normale delitto. Diciamo che potrebbe suscitare un sovradimensionamento politico."

"Un ricollocamento politico del caso" corresse il Delegato del governo.

"Io lo vedo come un sovradimensionamento."

Il Questore insisteva, e Lifante si credette costretto a intervenire.

"Diciamo che il caso emette segnali di vincoli politici."

Il Questore e il Delegato si guardarono per stabilire il consenso e lo confermarono a Lifante.

"Corretto."

"Di quale segno? Per completare il messaggio bisogna sapere di quale segno politico sia questo vincolo per poter così raggiungere l'obiettivo e verificare se l'informazione è verosimile o se si tratta semplicemente di quel che nella teoria della comunicazione chiamiamo un rumore."

Il Delegato si era innervosito, e il Questore fu tassativo.

"Lifante, verifichi il rumore. L'informatore ha detto che un certo Dieste, un succhiacazzi che si dedica al teatro sperimentale, potrebbe avere qualcosa da dire. Lo abbiamo localizzato. La barbona si chiamava Helga Singer, Palita per i suoi colleghi di miserie. Quanto al caso, massima discrezione, perché l'informatore ha insinuato che nella faccenda sono coinvolti i servizi segreti di un altro paese, nel concreto l'Argentina."

"L'informazione è in qualche modo garantita?"

"Ha fornito una chiave che, secondo l'ispettore Contreras, da noi consultato telefonicamente, corrisponde al periodo in cui parte dei servizi segreti del vecchio regime spagnolo era legata a quelli dell'America Latina."

Lifante salì in macchina giusto in tempo per evitare che l'autista piazzasse il segnale luminoso sul tettuccio. Dovevano solo scendere per la Vía Layetana e andare in cerca del Villaggio Olimpico.

"Io qui mi ci perdo. Mi sembra di essere in un'altra città, e questa fissa di mettere nomi catalanoidi alle strade mi disorienta ancora di più."

Finalmente trovarono il numero dell'avenida Icaria, e quando Lifante fu pronto per scendere vide Carvalho e una donna in sua compagnia che si avvicinavano allo stesso obiettivo. Trattenne l'intenzione di uscire accennata da Celso e sprofondò nel sedile per non essere visto dall'esterno.

"Conosci quel tizio, Cifuentes?"

"Vagamente."

"Era la bestia nera di Contreras. Si odiavano profondamente. Veniva dal passato. Contreras aveva fatto parte della Brigada Político Social, e Carvalho era della sinistra. Altri tempi. Preistoria. Preistoria, senza dubbio."

4.

Il paradosso dell'attore

Ogni volta che Carvalho metteva i piedi nel cosiddetto Villaggio Olimpico doveva superare l'impressione di entrare in uno spazio di case di cartone ritagliabile costruite dai membri del Comitato Olimpico Internazionale. Eppure il nuovo quartiere lo attirava come scenario da riempire di vita e manie umane, benché troppo dipendente dal riferimento magnifico, assoluto, del mare. Il magazzino dove Alfredo Dieste faceva le prove era di nuova costruzione, e in attesa di affari più sostanziosi aveva accolto la troupe di un gruppo teatrale indipendente.

"Stiamo aspettando una piccola sovvenzione per mettere su *Postpiazzolla*, un'idea che mi gira per la testa dalla morte di Astor e di cui gli avevo parlato spesso quando ci incontravamo a Parigi. Io gli dicevo: il tango passa da te come la geografia passa dall'equatore, prima e dopo. E conto su di te, Dorotea. Ti ho trovato la parte di una vecchia tanguera che alla fine dà un senso alla morale della storia."

In effetti, si riferiva alla stessa Dorotea lì presente, che volle soddisfare la sorpresa di Carvalho.

"Mi piace cantare i tanghi. Forse per ragioni antropologiche. Con gli anni sono arrivata a credere che facciano parte dell'essenza argentina, ammesso che esista una cosa del genere. E non possiamo sfuggire a questa cultura."

uella donna passava le giornate a diagnosticare e citare, per evitare una nuova sfornata di citazioni, Carvalho decise di andare al sodo:

“Siamo venuti perché ci parli della ragazza che fu sul punto di essere Emmanuelle, l’Emmanuelle argentina”.

Dieste scambiò un’occhiata con Dorotea e cominciò a interpretare l’attore che rievoca qualcosa di un passato nebuloso che, fra l’altro, non è strettamente il suo, interpretazione dedicata a uno scettico Carvalho e a una Dorotea divertita dall’istrionismo del personaggio.

“L’argentina che fu sul punto di essere Emmanuelle. Vi riferite a Julia Alsogaray? Ah, no, quella fu sul punto di essere la Venere in Pelliccia.”

Dieste rimase un momento in silenzio.

“Sì, ricordo l’argentina che fu sul punto di essere Emmanuelle. Si chiamava Alma, voglio dire Helga, e Rocco me la presentò perché facessi qualcosa per lei, perché la rifinissi come attrice, anche se era da scoparsela sul colpo, non da rifinire. Come attrice era una giovane scarpa; giovane, ma scarpa. Eravamo tutti molto innocenti, e le passai dei testi di Stanislavskij, Strasberg, Piscator, anche di Jouvet, perché io sono sempre stato culturalmente pluralistico, oltre a *Il paradosso dell’attore* di Diderot.” Scoppiò a ridere. “Quando le diedi il saggio di Diderot rimase stupita, guardò me e guardò Rocco come una naufraga in un oceano di stupidità. Rocco, no, pardon, lei lo chiamava Quino, suppongo da Rocchino o qualcosa del genere. Quino, quella cogliona!” Imitò la sua voce. “‘Quino, cos’è un paradosso?’ ‘Una malattia venerea,’” le risposi. Ma poi le spiegai: riuscire a emozionare senza emozionarsi. Eppure lei si incaponì e fu persino in grado di recitare davanti al pubblico. Povero pubblico. Il pubblico è quasi sempre un figlio di puttana puzzolente e reazionario, ma non si meritava quella povera ragazza. La ricordo come se ce l’avessi davanti agli occhi. Sul palcoscenico, Helga vestiva con la sobrietà di un'attrice del Berliner Ensemble al servizio dei testi fondamentali. Iniziò a recitare un monologo con abbastanza scioltezza, anche se io temevo il peggio."

Davanti al sorpreso Carvalho e alla gioiosa Dorotea, Dieste entrò nella vecchia pelle di Helga e rese la voce effeminata per imitarne il monologo:

"'Mi hanno detto di venirvi a parlare del paradosso dell'attore. Paradosso? Cos'è un paradosso? Una malattia venerea, un parassita? No. Una contraddizione, dicono i classici e alcune classiche, capisco che è qualcosa di troppo astratto. Vi faccio un esempio'".

Dieste agita le mani davanti ai suoi visitatori come se giocasse con le sue presunte tette.

"Si aprì il vestito e rivelò due splendide tette. 'Ecco qui due paradossi!' esclamò. Stava improvvisando! Non era negata al punto che noi tutti temevamo! Rocco era impazzito, impazzito per quel corpo, con una passione che può provare solo un cinquantenne davanti a un corpo stupido."

"È la stizza che ti fa parlare, perché Rocco se la sbatteva e tu no."

"Non se la sbatteva neanche. A quei tempi eravamo platonici e rispettavamo la libertà altrui, e Rocco voleva esserti fedele perché eri in mano ai militari. Di fatto, ci sposammo vergini. Non posso parlare al tuo posto, Dorotea?"

"Di te no di certo. Non ti sei nemmeno sposato."

"Perché non ero vergine."

Carvalho spezzò l'incrociarsi delle memorie.

"Che ne fu di Helga?"

"Ruppe la relazione con Rocco proprio perché era troppo ambiziosa e capiva che lui si trovava in una brutta situazione politica. Sua moglie era desaparecida, che poi saresti tu, il che significava che un giorno o l'altro sarebbero andati a prendere anche lui. Rocco le poteva offrire soltanto di fare da cavia alla sua sentimentalità, alla sua sessualità, e lei voleva fare l'attrice, o meglio, la star. Il suo modello avrebbe dovuto essere Susana Jiménez, o qualcosa del genere. Pertanto non mi sorpresi quando due anni dopo vidi sulle pagine degli spettacoli che si era presentata a un concorso per diventare l'Emmanuelle argentina, con altre ragazze, ciascuna seminuda nella sua poltrona di vimini, secondo la posa più diffusa e convenzionale di Sylvia Kristel. Non funzionò. Del resto, io non me ne interessai molto di più perché dovevo andare in tournée e volevo cogliere l'occasione per vedere di trovare un lavoro o un rifugio fuori Buenos Aires. I militari stavano dando gli ultimi colpi di coda, erano nervosi, e da quel nervosismo sarebbe uscita la stupidità etilica di Gualtieri, che scatenò la guerra delle Falkland. Dite che Helga venne in Spagna? Io non arrivai qui che nell'85, e lei non bazzicava nella cerchia dei compaesani, almeno tra la gente di teatro, da queste parti c'è poca gente di teatro argentina, perché il teatro lo si fa quasi tutto in catalano. Ma chiederò in giro."

Pur ritenendo finito il suo monologo, Dorotea non è soddisfatta.

"Ti stai tenendo qualcosa per te."

"Cosa vuoi che mi tenga?"

"So che sai qualcos'altro. So che avevi avuto qualcosa a che vedere con lei qui, in questa città."

A Dieste saltò il tappo dell'isteria.

"Io ho a che vedere con chi mi gira! Fa parte della mia vita privata! Chi è quel disgraziato che ti ha detto che ho avuto a che fare con Helga qui?"

"So che avevi a che fare con Helga."

"Insomma. Venite con un avvocato se ne avete le palle. Questa è una trappola."

Volta loro le spalle ed esce di scena, e quando Dorotea gli corre dietro con l'indignazione alle stelle, Carvalho la trattiene e le propone di uscire dal locale. Ormai in calle Icaria i corpi decidono spontaneamente di orientarsi verso le torri gemelle, e non sono le Twin Towers, che aprono lo spazio del Port Nou per raggiungere il grande suk di ristoranti che circonda le imbarcazioni. Si siedono sulle gradinate contemplando gli andirivieni delle navi, protagoniste di un angolo che pare trasportato pietra dopo pietra, nave dopo nave, litro d'acqua dopo litro d'acqua, insegna dopo insegna, da un porto nordamericano moderno e appartato.

"Prima, gli americani si portavano via i monumenti, le magioni, le case europee per ricostruirle da loro. Adesso è il contrario. Tutta la Barcellona olimpica, questa nuova Barcellona, sembra il trasloco di qualcosa di essenzialmente yankee."

"Io sono straniera e non la penso come lei. Non solo. Vivo nel Villaggio Olimpico, a tre isolati dal magazzino dove Dieste faceva le prove. Questa parte della città propone un altro programma di vita che prevede di vivere il mare."

"Qui non c'è memoria."

"Questo è vero, è una parte della città senza archeologia. Come l'Argentina. Come una terra cui gli immigranti donano un'identità. Nel Villaggio Olimpico coesistono emigranti da Barcellone molto diverse, e da questo miscuglio verrà fuori qualcosa."

"Ma senza memoria."

"Perché quest'ostinazione? Qui si costruirà un'altra memoria."

L'antropologa ha taciuto, ma studia con intensità il detective, come se tutte le rughe della sua faccia invecchiatamente bella dipendessero dalla decifrazione del codice segreto di Carvalho, e sta per comunicargli le sue conclusioni quando alle loro spalle si sente una voce d'uomo.

"Pepe Carvalho?"

La faccia appartiene a qualcuno di vagamente conosciuto.

"Mi presento. Sono l'ispettore Lifante."

5.

La polizia non è più quella di una volta

L'ispettore Lifante propone a Carvalho di entrare in un ristorante inequivocabilmente nordamericano, ma puzza di sardine alla piastra e i gamberi conservano le loro teste, fatto poco usuale nei locali yankee, dove in genere vengono decapitati nottetempo per coprire un così grave delitto.

"Lei è mai stato negli Stati Uniti, Lifante?"

"Ho fatto un master di criminologia ad Atlanta."

"Avrà notato che negli Stati Uniti i pesci non hanno la testa, e nemmeno i gamberi."

"Vero."

"Una delle due: o utilizzano le teste per la guerra biochimica, o a loro disgusta guardare in faccia quello che mangiano. Potrebbero essere entrambe le cose. Mi stava dicendo che la polizia è cambiata."

Lifante fa cenno di sì e dedica a Carvalho una raffica di perspicacia oculare mentre gli ricorda la circostanza in cui si erano conosciuti. L'inchiesta sulle lettere anonime contro un centravanti.

"Lei fu molto sorpreso che io fossi un esperto in semiologia."

"Le confesso che mi parve un poliziotto postmoderno."

"Cos'è 'sta roba?"

Carvalho non aveva molto chiaro il concetto di postmodernità, ma in qualche modo gli sembrava che, attribuita a un poliziotto, la postmodernità implicasse pure la deideologizzazione e la destoricizzazione.

"Pare che lei non abbia un'ideologia e non faccia parte della storia."

"Infatti," ammise Lifante, "Contreras, il mio capo a quei tempi, era ideologizzato, aveva fatto la guerra, l'aveva vinta, era stato uno della Brigada Político Social, in parte perché sotto il franchismo era obbligatorio superare quella prova se volevi far carriera nel Corpo Generale. Per questo non correva buon sangue tra lei e Contreras. Per il mio capo, lei conservava il puzzo della sinistra. Io, invece, coglievo i suoi segnali. Il suo codice di investigatore privato era curioso, obsoleto, ascientifico, ficcanaso."

"Diciamo che sono passato dall'antipatia politica di Contreras al disprezzo politico da parte sua, Lifante."

"Lei è intuitivo, suppongo che sia stata l'intuizione a portarla da Dieste, in cerca di cosa?"

"Di qualcuno, io cerco sempre qualcuno."

"Se mi accompagna, le faciliterò il lavoro."

Seguì Lifante fino all'auto della polizia, dove Dieste li aspettava imprecando per il tempo che gli facevano perdere.

"All'Obitorio."

L'auto viaggiava verso l'Obitorio come un asino lungo la sua solita strada, senza che il guidatore s'impegnasse minimamente. Dieste guardava Carvalho con la coda dell'occhio e cercava di esprimergli intimi malumori che il detective non poteva decifrare, pur sentendosi responsabile di alcune offese subite dall'attore. A Lifante vennero aperte tutte le porte fino a raggiungere la sala rivestita di piastrelle grigie senza cadaveri percepibili sulle barelle, in attesa che l'impiegato tirasse il cassetto-bara e offrisse loro quella che lui chiamò la mummia, dopo essersi accertato che nessuno dei presenti fosse imparentato con il defunto.

"Ecco qui la mummia numero otto."

Era una donna di una quarantina di lunghi anni vissuti male, morta pure peggio, ripulita dal sangue perché splendessero le carni rese color malva dalla morte e protette dai pannicoli adiposi delle peggiori cicce. A volte le infossature della cellulite sul basso ventre e le cosce si confondevano con quelle delle coltellate.

"Helga Singer?"

Domandò Lifante a Dieste, ma né dagli occhi né dalla bocca dell'attore uscì alcuna risposta.

"Le ricorda almeno Helga Singer?"

"Sì. I lineamenti potrebbero essere i suoi. Ma questo è un mostro, non la Helga che io ho visto fino a cinque, sei anni fa."

"Più nota come Palita, il nome che le davano i compari di barbonaggio. Lei cercava Helga Singer?"

Adesso la domanda era rivolta a Carvalho.

"Cercavo la ragazza che avrebbe potuto essere Emmanuelle."

Lifante si strinse nelle spalle e fece il tratto che li separava dall'auto della polizia informandoli sul processo tecnico da seguire, la ricerca documentale di identificazione del cadavere o l'esame del Dna. Il poliziotto ausiliare assentiva come prendendo appunti mentalmente. Aveva qualche parente qui? Dieste non lo sapeva. Carvalho sì, ma non disse nulla.

"Porte aperte. Se volete vi permetto di assistere all'interrogatorio di una serie di barboni che abbiamo convocato in Questura."

Dieste rinunciò. Carvalho entrò in Questura con la rinnovata inquietudine della sua adolescenza, all'epoca dei primi arresti per manifestazioni universitarie.

C'era un campionario di barboni, come se fossero stati scritturati da un'agenzia, dal disoccupato dall'aspetto di impiegato che elemosinava per dar da mangiare ai suoi cinque figli fino alla vecchia collezionista di cartoni e gatti, l'adolescente con le quattro zampe di un cane drogato al posto delle due gambe, la gitana incinta con un neonato probabilmente drogato con la stessa sostanza del cane, il frugacassonetti con la pelle color di luna, il ricercatore di immondezza abbronzato dal sole delle migliori discariche.

"Qualcuno di voi conosceva la Palita? Qualcuno sa come si chiamasse in realtà la Palita?" chiese Lifante, voltandosi freddamente furioso verso i suoi collaboratori. "Com'è possibile che non ci sia un censimento dei senzatetto?"

"Ne spuntano tutti i giorni di nuovi" rispose l'esperto.

"E di tutte le età" confermò un altro.

"In questo paese, la sola proprietà pubblica a rimanere tra poco sarà l'accattonaggio" disse Lifante. "Non conoscevate la Palita?"

Diede un ordine. Si spensero le luci e sulla parete bianco sporco dell'ufficio venne proiettato il viso del cadavere gonfiato dalla paura della morte, dalla morte stessa. In piena proiezione si udì la voce anonima di un barbone.

"Se mostrassero la gnocca la riconoscerei. Conosco la gnocca di tutte le mendicanti della città."

"Ti dai tante arie e non hai leccato una fica in tutta la tua vita."

"Come vuoi che lecchi la fica di una vecchia? Quando mai hai visto una barbona che ti fa abbassare la cerniera della patta appena la guardi?"

"A me basta guardarle perché me lo ciuccino."

Lifante lasciò che i barboni si sfogassero e si avventò sull'unico che non aveva detto niente.

"Lei come si chiama?"

"Cayetano."

"Conosceva la Palita?"

"Non conoscevo quella che c'è nella foto."

"Ma conosceva la Palita."

"È una faccenda personale."

A Lifante si gonfiarono le vene del collo e con lo schifo nelle dita prese il mento avido di rasature di Cayetano muovendolo da destra a manca.

"Tu, cazzone, di personale non hai proprio nulla. Mi dici quello che sai della Palita o te ne stai qui per sette giorni a fartela nei pantaloni."

Lifante notò che Carvalho assisteva alla scena e gli rivolse uno sguardo comminatorio: Se ne vada. Carvalho se ne andò, avvertendo tuttavia di essere seguito dai passi dell'ispettore. Si voltò per imbattersi in quel volto ieratico, calvo, ovoidale, al servizio di due occhi scrutatori.

"Ho ferito la sua sensibilità?"

"Quando mi caccio in un posto come questo cerco di lasciar perdere la sensibilità. Mi accade la stessa cosa nei reparti terminali degli ospedali e negli obitori."

Lifante si stava avvicinando troppo.

"Non mi prenda per il bavero. È nello stile di Contreras."

"Imparerà a rispettarmi anche se non la prendo per il bavero e non le alito in faccia. Posso farla impazzire. Mandarla in rovina. So come farlo, a livello tecnico e legale, senza violare la Costituzione."

Carvalho salutò per andarsene, ruminando la conferma della sua teoria sulla cultura della polizia. Non si crea e non si distrugge, semplicemente si trasforma al servizio dello stesso sospetto: la gente o è stata colpevole o lo è o un giorno lo sarà. Al servizio del signore dello Stato, qualsiasi esso sia. Così riassunse a Dorotea in un conciso rapporto telefonico.

"Per me, il caso è chiuso. Emmanuelle è già apparsa. Non è così?"

"Non è questo che mi è stato chiesto. Mi è stato chiesto di farle ricostruire il suo lungo viaggio attraverso la Spagna."

6.

La ragazza che non avrebbe potuto essere Emmanuelle

La mano che non reggeva il cappello spinse la porta e oltre la cornice apparve Carvalho seduto dietro la scrivania del suo ufficio, con le dita ancora strette intorno alla cornetta mentre concludeva l'accordo con Dorotea. Alzò la testa e l'abbassò di nuovo per abbracciare la totalità del prodigio. Biscuter vestito con l'abito della domenica aspettava il verdetto tirandosi le maniche della giacca e sistemandosi il nodo della cravatta.

"Sastrería Modelo, capo, paghi uno prendi due. Giacca e due pantaloni uguali in abbinamento, così puoi cambiarli a seconda dei giorni e non si sciupano. Io sono magrolino, ma ho il cavallo corto, e le cosce mi distruggono i pantaloni."

Biscuter aveva persino le cosce.

"E il cappello? A cosa si deve tutta quest'eleganza, socio?"

"Non ho l'esperienza di un uomo di mondo, ma so come ci si deve presentare se vuoi chiedere qualcosa, non basta la faccia come specchio dell'anima, perché anche il vestito ha il suo peso nello spirito di chi ti riceve. Un vestito in ordine e un paio di scarpe lucidate a dovere. E un cappello. Fin da quando ero adolescente mi piace portare il cappello. In realtà ho mentito dicendole che non sono un uomo di mondo. Lo sono stato finché non mi sono chiuso qui, volontariamente, questo senz'altro, capo, non glielo rinfaccio."

Biscuter, evidentemente in vena di rievocazioni, si attribuì una sedia.

"Io ero, ripeto, un uomo di mondo. Il giorno e la notte

non avevano segreti per me. Rubavo solo macchine di marca, dalla BMW in su. Mi so muovere in qualsiasi universo, in ottanta universi."

"A me basta che tu sappia muoverti nell'universo artistico, teatrale, cinematografico, della notte selvaggia di Barcellona, che secondo te conosci tanto bene" disse Carvalho con una certa impazienza. "Tieni a mente questo nome, Helga Singer o la Emmanuelle argentina, e se quando esci da un camerino o da un cabaret ti imbatti in un barbone, chiedigli della Palita. Cosa ti dice la Emmanuelle argentina? Devi sapere che ci fu una serie di film su Emmanuelle, la cominciò un'olandese e poi ci fu un'Emmanuelle nera, un'altra asiatica e a quanto pare indirono un concorso per trovarne una argentina. A quel concorso si presentarono giovani attrici, e mi interessa sapere che ne fu di una di loro. Di Helga Singer, che era uno pseudonimo. Il suo vero nome era Helga Muchnik."

"Ebrea. Le dico subito che era ebrea. Una volta lei aveva bruciato un libro sugli ebrei che si chiamava Muchnik."

"Era il cognome dell'editore, e l'avevo bruciato semplicemente perché era un libro. Ho bisogno di sapere che ne fu di lei. Era stata la fidanzata di gioventù, quasi d'adolescenza, di un certo Rocco, ed è possibile che sia stato lui a cercarla, facendo partecipare alla ricerca Dorotea Samuelson."

"La troverò, capo."

"La puoi trovare all'Obitorio, è lì che si trova adesso. È un cadavere. Mi serve che mi aiuti a stabilire come si è mossa. Dal suo arrivo in Spagna fino al ritrovamento del corpo, ripetutamente pugnalato, nella metro di Urquinaona."

"Ah! La condizione umana! Chi non vuole aiutare se stesso ha bisogno dell'aiuto degli altri per trovare se stesso, al di là della morte."

"È una massima di Confucio?"

"Mia. Mia, capo."

Biscuter sembrava camminare per le Ramblas a colpo

sicuro, senza badare alle persone e alle strade, con la punta degli occhi sporgenti fissa sulla sua destinazione. Si infilò in calle Escudillers e passò oltre il ristorante Los Caracoles, dove arrostivano lentamente i polli nello spiedo all'aperto.

Individuò un condominio che un tempo aveva potuto vantarsi di avere portinaio, marmi e corrimano di bronzo. Controllò che nella guardiola non ci fosse il portinaio morto dopo una qualche guerra significativa, per esempio quella di Corea, salì i gradini in punta di piedi per non ledere ulteriormente le loro disperate vecchiaie e cercò di non appoggiarsi sul corrimano, dove milioni di dita avevano lasciato una pittura inattaccabile dall'erosione. Sulla porta, una scritta su una targa porcellanata: Gualterio Sampedro, agente artistico. Si aprirono tre serrature prima che la porta si socchiudesse con l'aiuto del lungo naso varicoso e lilla di Gualterio Sampedro.

"La conosco?"

"Josep Plegamans Betriu, alias Biscuter. Ci siamo conosciuti in galera, Gualterio."

"Biscuter, che soprannome cretino. Dovevi essere un coglione."

Aprì la porta, e Biscuter entrò in un magazzino-museo della fotografia archeologica. Sulla scrivania e alle pareti, centinaia di istantanee di attori vecchi o che sembravano tali. Biscuter aveva un sorriso di strana complicità sulla faccia. L'uomo vecchio e incavolato, le orecchie piene di altrettante varici come sul naso, alzò lo sguardo da cane rabbioso per studiare l'intruso. Biscuter cantò:

Ho passato la notte in un sogno,
e quel sogno mi parlava di amor,
l'amore per l'immagine divina
che portavo dentro il mio cuor.

"Hanno aperto i manicomi oggi?"

Biscuter allargò le braccia.

"Gualterio!"

L'uomo sprofondò nella poltrona e trattenne l'avanzata di Biscuter con un braccio.

"Non mi caverai un soldo. Ho già detto ai miei creditori di non seccarmi finché l'Argentina non paga il debito estero e Barcellona diventa capitale della Germania. Se il governo argentino ha dei debiti, anch'io posso averne."

"Come dice il tango, le nevi del tempo resero d'argento le mie tempie, ma sono davvero diventato tanto irriconoscibile? Non ti ricordi di Biscuter? Le frittate di patate che ti cucinavo nel carcere di Lérida quando eri dentro per contrabbando? Le partite a carte a casa di Madame Victoria, ad Andorra? Mi chiamavate lo scopatore delle Pampas, perché lo mettevo dentro piegato in due e non lo tiravo fuori fino alla terza sborrata."

Gualterio parve ricordare. Ci riuscì. Ma quel che ricordava non era molto buono.

"Non che lo cacciassi dentro piegato in due. Madame Victoria diceva che l'avevi tanto piccolo da sembrare qualcosa di inverosimile. L'imbroglione. Sembravi un feto appena tirato fuori col forcipe. Non ho mai visto un galeotto meno consistente di te. Non so come hai fatto a sopravvivere. Antonio, il Chiappe Nere, è poi riuscito a spaccarti il culo?"

"No. Né lui né nessun altro. Nonostante la situazione ignobile, ricordo con amicizia un sacco di gente, come Antonio il Chiappe Nere che rifiutava di lavarsi finché non fosse uscito dal carcere preventivo, ed era già dentro da dieci anni, proprio in carcerazione preventiva!"

"Molta amicizia, molta baldoria, molti macchinoni rubati, molti bordelli, molte carte, ma non avevi testimoniato, non mi avevi tirato fuori di galera al momento della faccenda con la minorenne."

"Tirarti fuori di galera? Ma se quasi ci rientravo pure io senza avere fatto nulla! E poi, Gualterio, quella bambina aveva undici anni."

Gualterio ruotò di centottanta gradi sulla sua poltrona girevole e senza smettere di dare le spalle a Biscuter si giustificò:

"Aveva tredici anni, e a tredici anni una donna è una donna. Cosa cantavi?".

"Hai dimenticato che quando passavamo la notte a casa di Madame Victoria, il giorno dopo ci svegliava mettendoci questa canzone, un brano di un'operetta spagnola? L'hai dimenticato?"

"Ricordo. Cos'altro vuoi?"

Biscuter contemplò le pareti piene di morti senza sepoltura. Si riempì i polmoni d'aria per farsi coraggio.

"Si vede che le cose ti sono andate bene e che hai smesso con il contrabbando di sigarette e di duralex."

"Ormai nessuno utilizza il duralex di contrabbando e si fuma sempre meno. Non sarai venuto qui per ricordare quei tempi schifosi?"

Biscuter analizzò la situazione e spostò il discorso su un elenco concreto di esperienze condivise nel carcere di Lérida e ad Andorra, le basi di partenza del contrabbando dell'argentino e delle razze di macchinoni prepotenti di Biscuter. Quello che lo inteneriva o lo faceva piangere lasciava Gualterio impassibile, sulle prime essenzialmente annoiato dalla situazione, in seguito schifato. Era il momento psicologico adatto per coglierlo di sorpresa, stabilì Biscuter.

"Hai mai sentito parlare di Helga Singer, l'Emmanuelle argentina? Era una tua compatriota. Voleva fare l'artista ed era venuta a Barcellona. Tu allora lavoravi già come agente artistico qui."

Gualterio girò la poltrona e affrontò Biscuter a muso duro. Non era più annoiato, e nemmeno schifato. Persino le varici sulla faccia erano impallidite e qualcosa di simile alle lacrime lenì il fondo arrossato dei suoi occhi.

"E tu vieni a chiedere questo a me? Non sai che quella donna mi ha distrutto la vita?"

7.

Perché chiami paradossi le tette?

Biscuter è rimasto attonito e da una mano gli pende il cappello demotivato. Osserva l'amico ritrovato che sistema album di fotografie sulla scrivania, con le mani tremanti quando gira i fogli grandi, lenti, la voce rotta mentre commenta alcune resurrezioni di vivi e morti che ricorda soltanto lui.

"La Lupetta Mora aveva un culettino che puntava verso l'alto, sembrava un piccolo naso. Pepe il Gattaro era tanto agile sul palcoscenico quanto nei suoi furti con scalate protetto dalle tenebre notturne. Gli era più redditizio rubare, ma diventò meno abile e finì in gattabuia. Guarda!, eccola qui."

Sette fotografie di Helga Singer, due come Emmanuelle argentina immigrata in Spagna ma seduta ancora sulla poltrona di vimini della Kristel; le altre, nelle pose abituali dei book fotografici degli artisti.

"Queste foto hanno più anni di me" disse Biscuter.

"Ti piacerebbe. Io ho rappresentato Helga fino al 1980. Sono passati diciassette anni! Diciassette anni, cosa sono mai?"

"Come incassò il colpo di non essere diventata l'Emmanuelle argentina?"

Gualterio si prese tempo per respirare e altrettanto per raccontare la storia.

"Fu tutta una montatura del direttore di certi grandi magazzini di Buenos Aires, di calle Corrientes, dove Corrientes incontra Callao. In parte per farsi pubblicità, in parte per andare a letto con le ragazze che si presentavano. Helga mi raccontò tutto anni dopo, quando finì in quest'ufficio subito dopo il suo arrivo a Barcellona. Helga era un misto di diffidenza e di sarcasmo. Aveva paura di non so cosa e rideva pensando a quanto era stata sprovveduta. Era finita a letto con quel tizio magro, quasi anoressico. In lui tutto era grande, tranne il cazzo, persino il pomo di Adamo, che Helga ricordava come una sporgenza mobile, eccessiva. Alla fine della scopata, Helga si era avvitata coccolona al corpo dell'uomo. Gli disse: 'Davvero pensi che posso ottenere la parte?'. Quel gran figlio di puttana le rispose: 'Se non ce la fai tu, non ce la fa nessun'altra, questo te lo posso giurare'. Helga osservò che mal comune mezzo gaudio, e gli mostrò le tette: 'Ti piacciono i miei paradossi?'. 'Perché chiami paradossi le tette?' le domandò il lupo, e Cappuccetto rispose: 'È una vecchia storia. Verrà Sylvia Kristel a presiedere la giuria? Credi che io corrisponda all'idea che ha lei di Emmanuelle?'. 'Tu sei Emmanuelle. Se il produttore avesse conosciuto te prima di conoscere Sylvia, ti avrebbe scelta al suo posto.' 'Ti piacciono i miei paradossi?' domandava ripetutamente Helga con voce affettuosa. 'Mi piacciono così tanto che preferirei ne avessi di più. Sarei un mostro' ribatté il lupo a Cappuccetto. 'Di lussuria.' E a questo punto Helga si incavolò, perché era fatta a modo suo. Saltò giù dal letto e indossò una vestaglia che riposava su una sedia. 'Cos'hai?' 'Io non sono una lussuriosa. Non sono una puttana. So quello che voglio, e questo è quanto. Il mio giorno arriverà, come arrivò per Marilyn Monroe. Lo sai cosa disse Marilyn dopo il successo raggiunto grazie a una prima parte importante? Disse: 'Adesso non dovrò più fare i pompini ai produttori per avere una scrittura'. Poverina, faceva la spavalda in queste situazioni, ma era fragile dentro. Quello svergognato la stava ingannando. Lei lo ricordava qui, dove ora sei seduto tu, Plegamans o Biscuter, o come vuoi farti chiamare. Rideva di tutti i suoi pianti, allora, quando quel figlio di buona donna le propose una particina di contorno in un film che si stava per girare nella Pampa, un ruolo secondario in una pellicola con Mirtha Legrand come protagonista. Il satiro gliela vendette bene: 'La cinepresa avrà occhi solo per te, Mirtha ormai è stata vista fin troppo'. Ma Helga aveva letto il copione e la sua parte era una stronzata, quattro frasi appena: 'Ma ragazza, se hai un quarto d'ora sullo schermo!' insisteva il satiro smilzo. Guarda, Plegamans, ho tenuto qui il ritaglio di carta che mi ha dato Helga dove figura quel che doveva imparare a memoria per la cinepresa: 'Non l'ho voluta offendere, ma suo nipote non è quello che sembra... e nemmeno io sono quella che sembro'... 'Adesso basta, Carlos! Per due anni sono stata disposta a credere in te e in tutto quello che mi dicevi. Sono cresciuta. Tu no...' 'Che sia l'ultima volta che mi picchi! Se ci provi di nuovo... ti ammazzerò!' 'Sì. Sono stata io. Sono stanca di fingere. Anche amarlo era una finta. Ammazzarlo è stata l'unica verità della nostra relazione.' 'Addio, donna Sole. Ma suo nipote non era quello che sembrava. Non le chiedo perdono ma il suo... fa lo stesso! Ormai tutto fa lo stesso!'. Insomma, si ficcò i paradossi nella scollatura e mollò uno schiaffone al satiro da fargli ballare le ossa. No. Non aveva lasciato Buenos Aires per questo. Non mi disse mai la ragione, ma la indovinai. Era incinta."

"Incinta? Del satiro?"

"Di quel rachitico? Quello lì non era in grado di mettere incinta manco una coniglia."

"Bene, Gualterio. Questa ragazza arriva nel tuo ufficio e ti chiede di farla lavorare. Riesci a trovarle un lavoro?"

"No. Le dissi: o mostri il culo, i paradossi e ti cerchi una pagina centrale su 'Interviú' facendo vedere il passaporto se è il passaporto che bisogna far vedere, o per te non c'è possibilità di lancio. Mi disse che avrebbe mostrato tutto il necessario, che stava cercando di ottenere una particina in un pezzo teatrale di un compaesano, una particina muta, no, no, non si sarebbe notato l'accento argentino."

"Venne da sola?"

"La prima volta, sì. La seconda e la terza c'era qualcuno ad aspettarla davanti al portone. Era sempre più incinta, più scoraggiata, più difficile da sistemare. Aveva una brutta gravidanza. L'ultima volta che la vidi fu verso il 1983, forse più tardi. Lavorava in posti come La Dolce Vita. Venne a rinnovare le foto e non la volli deludere, ma non era nemmeno in condizione di mostrare i paradossi. A quella ragazza stava capitando qualcosa, dentro e fuori."

"Non fece mai riferimento all'uomo che l'aspettava sotto?"

"Qualche volta."

"Come si chiamava?"

"Quino. È un'apocope, non so di quale nome."

Biscuter se ne andò via con l'informazione, seccato di non aver chiesto a Gualterio perché Helga gli avesse distrutto la vita, e pescò Carvalho mentre questi già usciva dall'ufficio. Di tutto il suo rapporto, il detective fu interessato soprattutto dalla comparsa di Quino, di Rocco, addirittura tre anni dopo l'arrivo di Helga a Barcellona.

"Il padre del piccolo, nonostante la smentita supposizione di Dieste, immagino. Ma Biscuter, bada alla coincidenza. Mi chiedono di cercarla e immediatamente appare morta. È possibile che quando chiedono a Dorotea di cercarla, chi lo fa sappia già che è morta o che sta per morire. Perché questa donna è così importante, perché è tanto importante l'uccisione di una barbona?"

Comunicò a Biscuter che andava da Dorotea perché nascondeva più di quanto mostrasse e il promosso assistente salì in ufficio. Fischiava la melodia che gli parve l'espressione migliore del suo senso di intimo trionfo, una versione biscuteriana di *Pompa e circostanza* di Elgar. Considerò lo spazio come di sua appartenenza e la sedia di Carvalho come

·aria per sistemare il suo culetto. Ci cavalcava sopra e faceva il giro del mondo sul suo asse rotatorio quando in una giravolta gli cadde addosso la presenza di un uomo che lo guardava male e gli puntava un'arma con intenzioni ancor peggiori. La pistola non era di cioccolato.

"Ehi, tu! Cos'è questa commedia?"

"Taci, stecchino. Questa è una pistola."

Biscuter ubbidì e cercò di essere simpatico con il nuovo arrivato.

"Si sieda e aspetti il mio superiore. In realtà io sono solo il suo assistente tecnico, cioè, non ho competenza in alcuna iniziativa criminalista, mi capisce, capo?"

Dalla bocca del pistolero emersero dei grugniti che poi fecero strada a una frase articolata.

"Cosa avete fatto a Helga? Io volevo solo che voi me la faceste trovare, che la cercaste negli immondezzai della città."

Soprattutto, gli tremava la mano che teneva la pistola e Biscuter registrò mentalmente le informazioni nel caso che, sopravvissuto, le avesse potuto raccontare. Era un tizio dai capelli rossi e con la faccia di chi ama molto il vino. Descrizione insufficiente. Un po' butterato dal vaiolo e così argentino che Biscuter cominciò a sospettare un'invasione generalizzata di argentini. Ricevette qualche chiamata che udì soltanto lui, l'invasore, perché alzò gli occhi al cielo, ascoltò molto concentrato, voltò il groppone e se ne andò da dov'era venuto. Biscuter respirò sollevato e corse alla finestra per vedere pel di carota che usciva. Tardò a farlo, ma non scelse bene il momento, perché quando il rosso si accinge ad attraversare le Ramblas quasi gli pesta i piedi una macchina che inchioda davanti a lui e lo inghiotte, spinto da due tizi con berretti e occhiali da sole. Biscuter tarda a notare che non è l'auto della polizia e non cerca di memorizzare la targa prima che questa diventi una dura prova di misurazione ottica.

"Sto perdendo la vista."

8.

Splendore nell'erba

"In letteratura il tema della gioventù è stato quasi sempre un *topos* imparentato con il topico, un luogo comune, espressione mai utilizzata meglio, perché la gioventù è una relazione tra uno spazio e un tempo. Il topico della speranza, del futuro, un immaginario che servirà a Rubén Darío per scrivere una delle sue peggiori poesie e a Wordsworth per scrivere una delle migliori poesie della lirica universale: *Intimations of Immortality from the Recollections of Early Childhood*, per chi non conoscesse l'inglese: 'Suggerimento di immortalità nei ricordi dell'infanzia'. Suppongo anche che i cinefili abbiano visto *Splendore nell'erba*, il titolo del film è tratto da un verso dell'ode di Wordsworth. No? Voi, cosa avete visto che non sia di Spielberg? Compratevi il video. Vorrei che faceste uno studio comparato tra l'universalismo astratto della grande poesia inglese e quella di Gabriela Mistral che vi ho letto, quella sulle bambine che giocano a essere regine. Pur trattandosi di bambine, voi maschietti non siete esonerati. Ricordate l'analisi che abbiamo fatto del romanzo di Scott Fitzgerald *Di qua dal Paradiso*, a proposito delle aspettative di successo. Insisto che non dovete fare un'analisi letteraria, ma tipologica, e stabilire referenti mitomani. Confrontate il trattamento della prima età in tutti i casi di cui vi ho parlato e quello che vi ho spiegato sulla frustrazione narcisistica nel

Faust o nel *Dorian Gray*, secondo l'interpretazione contenuta in *Immagini disincantate* di Ziolkowski."

Considerò terminata la lezione e diversi alunni e alunne si avvicinarono alla cattedra.

"Non avevo mai letto la poesia di Gabriela Mistral come ha fatto lei, e in fondo non l'avevo mai capita del tutto" disse una biondina con le vene sporgenti sulle tempie e una bocca molto grande.

"Temo che solo quando avrai la mia età la capirai del tutto. Il mito della gioventù è uno specchietto per le allodole che inganna soprattutto i giovani, come la promessa di diventare regina o di essere un vincente, cosa che accade al personaggio di Fitzgerald in *Di qua dal Paradiso*."

Dorotea uscì dall'aula in cerca del suo ufficio nel dipartimento, accompagnata dalla ragazza boccagrande che non smetteva di parlare. Non la sentiva nemmeno mentre scambiava meccanicamente istruzioni con la collega con cui spartiva l'ufficio e riuscì a tagliare corto un'offesa discussione su quei figli di puttana che erano i professori maschi, competitivi, opprimenti, sempre concentrati sui propri scopi. L'alunna seguì Dorotea fino a un taxi che l'aspettava, al cui interno c'era un uomo che si guardava le mani. Per arrivare al taxi le due donne dovettero girare intorno a un uomo grassissimo, così incredibilmente grasso che non ci credettero e non lo videro. Prima di infilarsi nell'auto, Dorotea consegnò un libro all'alunna.

"Tieni. *Immagini disincantate*, di Theodore Ziolkowski; fa attenzione soprattutto quando parla del trattamento dello specchio nel fissare o liquidare la propria immagine. Lo specchio non impedisce mai il passare del tempo. Si limita a constatarlo."

Era riuscita a sorprendere, addirittura a zittire Boccagrande; si sedette accanto a Carvalho e rimase a guardare la stessa cosa che guardava lui, le sue mani.

“Non riconosce le sue mani? Non se l’era mai guardate?”

Carvalho le ritirò come se fossero state sorprese in una situazione indecorosa. Il taxi partì e Dorotea vide l’uomo grasso in piedi, sotto le scale che portavano alla facoltà. Le si irrigidì il collo e gli occhi le rimasero intrappolati dallo sguardo di aggressiva complicità del ciccione. Carvalho parlava e parlava.

“Helga viene in Spagna verso il 1980. Un viaggio inutile, un’inutile carriera. Non riesce a diventare una star e verso il 1980 abbandona o viene abbandonata dal suo agente barcellonese, Gualterio Sampedro, amico di Biscuter, un ex galeotto fatto su misura per Biscuter, il mio socio. Ma lei non mi ha detto tutta la verità. Emmanuelle aveva una relazione con Rocco, il suo ex marito, Dorotea. Tra il 1980 e il 1983, Gualterio li vide insieme. Mi sente? Cosa le succede?”

Dorotea gli voltava le spalle cercando di non perdersi un gesto del ciccione, sempre più lontano, là sul marciapiede, snellito dalla distanza, e che tuttavia avanzava con passi da pachiderma, quasi per avvertirla di essere in grado di seguirla.

“Figlio di puttana!” gridò la donna con voce strozzata, con il risultato che il tassista la esaminò prima nello specchietto retrovisore e poi si voltò esigendo una spiegazione da Carvalho su quanto stava accadendo.

“Succede qualcosa?” domandò Carvalho, ma Dorotea ormai si era ricomposta, sorpresa dall’allarme dell’autista e dalla domanda di Carvalho.

“Figlio di puttana, a chi?”

“Pensavo a un politico. Andrebbero sterminati tutti a colpi di pistola o con il mitra.”

Il tassista guidava con il corpo semigirato verso la strana coppia.

“Non si preoccupi” cercò di tranquillizzarlo Carvalho. “La pistola e il mitra sarebbero finti.”

"Se li dessero a me non lascerei vivo neanche un politico" rispose il tassista. "La signora ha tutte le ragioni del mondo."

Ma la signora non era più disposta a farsi dare ragione.

"Non le piacciono i politici? Preferisce i militari?"

"No. Non ho detto questo, signora. Anche se, cosa vuole che le dica: i militari non se la prendevano con nessuno se nessuno se la prendeva con loro e Franco ha fatto anche qualcosa di giusto."

"Si fermi! Le ho detto di fermarsi!" gridò Dorotea.

Il tassista fermò l'auto. Dorotea tirò fuori i soldi dalla borsetta e li gettò sul sedile davanti. Poi saltò giù dal taxi senza badare alla reazione di Carvalho. Lui la seguì lasciando sconcertato il tassista a balbettare giustificazioni sul ruolo di Franco nella storia.

"Non che io abbia detto..."

Dorotea camminava come fosse sola. Carvalho cercò di raggiungerla, a fatica per via delle lunghe falcate della donna che piangeva silenziosamente. La fermò, la abbracciò, e lei scoppiò in singhiozzi affondando la faccia nel petto di Carvalho. Si lasciò portare in un caffè dove ordinò un tè, mentre lui giocherellava con un bicchiere di whisky in attesa di una chiacchierata più sincera.

"Ho visto una persona che mi ha riportata al passato. Agli anni più neri della dittatura nel mio paese. Non servirebbe a nulla se le dicessi chi è. In Spagna non interessa a nessuno sapere chi è. Non tutti hanno la stessa memoria delle cose. Al contrario, c'è sempre meno gente con cui posso condividere la mia. In Spagna ho dovuto vivere per molti anni con persone che non avevano la mia memoria."

"Ha avuto molti anni a disposizione per perderla. Anche noi l'abbiamo persa. Qui ci hanno ucciso e torturato fino a, per modo di dire, due giorni fa. Vent'anni."

"Per noi sono quattordici, quattordici anni da quando quell'ubriacone ci cacciò nella guerra delle Falkland. Quattordici. Come le malefemmine dei tanghi, la memoria scappa sempre via con un altro, con un'altra generazione. Ma io non ho bei ricordi. Non ho nemmeno avuto lo splendore nell'erba."

"Di quale erba parla?"

"Lasci perdere. Del mate. A lei piace il mate? L'ha mai assaggiato?"

"Quanto basta per preferire il whisky."

"Cosa mi stava dicendo di Emmanuelle?"

"Che non c'è nulla che abbia un senso. Lei mi chiede di cercarla e ventiquattro ore dopo viene ritrovata morta. Non mi ha detto tutto e non intendo proseguire con l'indagine se non mi racconta chi l'ha ordinata, o è stata una sua iniziativa?"

Non ha nemmeno l'iniziativa di rispondergli.

"È stato Rocco?"

C'è più malinconia che preoccupazione nell'introversione di Dorotea.

"Dovremmo cercare la sorella di Helga."

Dorotea annuisce, si alza incitandolo a proseguire.

Quando Carvalho fa per raggiungere il telefono del caffè, Dorotea gli porge un cellulare e si ritira prudentemente per permettere a Carvalho di parlare da solo. Dalla porta gli occhi della donna sono diventati romboidali per interpretare i gesti di Carvalho mentre parla, ma di tanto in tanto affaccia la testa sulla strada per controllare tutti i punti cardinali. Carvalho la raggiunge e commenta:

"Rocco ha fatto visita a Biscuter".

"Come sa che era Rocco? L'ha detto lui?"

"Rocco non ha forse i capelli rossi e le guance congestionate?"

"Sì."

"Allora era Rocco."

9.

La Dolce Vita

La vecchia era tanto restaurata che la sua pelle sembrava sul punto di scoppiare. Al suo aspetto non era affatto di aiuto una calvizie che non riusciva a celare. Tutto alla Dolce Vita era vecchio e puzzava di pipì di gatto vecchio, forse perché il locale era pieno di gatti vecchi. La donna li indicò.

"Ormai sono gli unici clienti. Se penso a com'era prima! Lo sai benissimo, Pep, lo sai benissimo. Sì, ricordo Helga, Helga Singer, come si faceva chiamare, un nome d'arte, come piaceva dire a lei. Quando arrivò si dava un sacco di arie. Diceva di aver lavorato con Mirtha Legrand, e Alberto Closas le aveva detto che era l'attrice giovane più promettente del teatro argentino. Né attrice, né giovane, né Closas. Qui, bambina, le dissi, si viene a lavorare per la pagnotta. Non siamo al Covent Garden, carina. Lei aveva una bella collezione di foto, questo sì, ma quasi non cantava, quasi non ballava, cominciava ad avere la cellulite sulle gambe e non poteva più mostrare le tette perché non erano da svenimento. Cosa faceva? Ecco, secondo lei, il tango, i tanghi si dicono, non si cantano, sosteneva. Recitava, questo lo faceva bene, ricordava un po' le sorelle Singerman, benché lei proclamasse che il suo modello era Nacha Guevara. Meno esagerata di Berta Singerman. Io avevo fatto delle tournée con la Singerman quando veniva a farsi un giretto in Spagna, servivo ad aprire lo spettacolo. Vuoi che te la descriva com'era a quei tempi? Vuoi che ti faccia vedere un video di promozione che girarono qui verso la fine degli anni ottanta e che non è servito a niente, tesoruccio? Questo posto lo buttano giù la settimana prossima o lo ristrutturano, che ne so, per metterci dentro un'università. Credo che la chiamino Pompeu Fabra, Universidad Pompeu Fabra. Chissà chi era quello sfacciato. Ma che buffo, chiamarsi Pompeu!"

E dal passato affiorarono, dopo la recita di un ventriloquo e di una valenzana con il costume tipico da contadina, sorpresa a cantare *Valenza è la terra dei fiori*, le immagini di una Helga molto sciupata e mal vestita, ingrassata per trascuratezza, in mezzo al palcoscenico che recita:

"Spettabile pubblico, della grande poetessa cilena Gabriela Mistral: *Vergogna*.

> Se tu mi guardi io divento bella
> come l'erba bagnata di rugiada,
> il mio viso raggiante non sarà riconosciuto
> dalle alte canne mentre scendo al fiume.
> Ho vergogna di questa mia bocca triste,
> della voce rotta e delle ginocchia rudi.
> Adesso che mi hai guardata e sei venuta,
> mi sono vista povera e palpata nuda.
> Non una pietra hai trovato nei campi
> più spoglia di voce all'albeggiare
> di questa donna che tu hai sollevato
> perché ne hai udito il canto, il guardare".

A Biscuter piacevano i commenti fuori campo di Pepita di Calahorra, la Grande ricreatrice della jota, mentre sullo schermo Helga si pavoneggiava come recitatrice, ma non riusciva ad accettare l'Emmanuelle distrutta dal tempo e faceva precedere l'immagine sconfitta da quella che avrebbe potuto essere l'Emmanuelle argentina seduta sulla poltrona di vimini. La sentiva recitare dal nastro del video... "Io tacerò perché non conosca/la mia gioia chi passa per la pianura/dal fulgore che dà alla mia fronte/e dal tremore che cela la mia mano."

La applaudivano fiaccamente, ma lei salutava come se l'acclamassero.

"E adesso, spettabile pubblico, vi canterò, cioè, vi dirò, perché i tanghi si dicono, non si cantano, *Ingenuità*. Maestro, a lei!"

Al vecchietto al piano era indifferente la dedica di quella che per lui era solo una semplice canzonettista grassa: "Mi dicesti che eri fanciulla/ma lo eri di una madame/che ti fece far la troia senza chiederti/se era per gusto o per stufare".

Biscuter chiese di mettere fine alla trasmissione perché si sentiva sempre più triste e la vecchia calva lo accontentò per farsi contagiare dalla sua malinconia.

"Piango per la triste vita della ragazza che avrebbe potuto essere Emmanuelle."

"Io piango perché ormai siamo in mezzo alle rovine. La prossima settimana arrivano con il piccone a distruggere tutto questo, e La Dolce Vita entrerà a far parte della storia. Diventeremo storia anche tutti noi che lavoriamo qui dentro, e cosa vuol dire essere storia? Poco meno di una merda. Essere storia significa essere più morti di Matusalemme."

"Calle de las Tapias non esiste più."

"E con lei scompare un segno di riconoscimento della città" suggerì la vecchia, che proseguì. "Da queste parti, in questi giorni, vengono molti intellettuali e per me è una soddisfazione sentirli. Vivono quasi tutti nei quartieri alti, ma sono molto solidali con tutto questo, fa parte della loro memoria storica o sentimentale, dicono. Penso a quelle poverette che si guadagnavano da vivere con la fica in queste strade, dove sono andate a finire queste vite, queste fiche?

Da nessuna parte, signore. Perché quelle che si guadagnavano da vivere da queste parti non hanno più posto in mezzo al puttaname fichetto dei saloni di relax. E le entraîneuse della Dolce Vita, che non hanno nemmeno la cassa integrazione, e non possono andare in pensione perché me lo dica lei quale entraîneuse ha versato i contributi degli autonomi, e quelle che ancora si trascinano nella Dolce Vita si devono contenere le ernie con il cemento armato."

"Helga Singer ha fatto la battona in strada?"

"L'entraîneuse, questo sì."

"Ti aveva mai parlato di suo figlio?"

"Una faccenda molto strana. Quando era sobria diceva di aver avuto un bambino, ma che le era nato morto. Quando era sbronza si metteva a latrare come una cagna in lutto reclamando il figlio che le avevano portato via."

Biscuter e lei si abbracciarono e gli chiese di venire sempre, che voleva piangere insieme a lui. Di non preoccuparsi se buttavano giù La Dolce Vita, perché lei sarebbe venuta tutti i tramonti della sua vita in questo posto, fin qui, fin dove vedi i miei piedi, qualsiasi cosa ci mettano sopra, qualsiasi cosa vi costruiscano.

"Io non ho mai avuto un padrone, come le gatte, Pep, ma questa era la mia casa, io avevo una casa."

Biscuter uscì e per poco non investì un uomo grasso che esaminava la facciata del locale come se lo volesse comprare.

"Mi scusi, signore. Questa è La Dolce Vita, vero?"

Un altro argentino! Biscuter fece un passo indietro per avere una prospettiva del volume completo del ciccione e gli indicò l'insegna.

"Certo, l'ho letta, ma non vedo gente, non c'è vita nei dintorni. A proposito, questo Barrio Chino sembra Dresda, o lo stanno bombardando o se lo portano da qualche altra parte. Ricordo gli anni quaranta e le baldorie qui con Manolo Caracol e Lola Flores! Io studiavo in Spagna, ero un giovanotto, ma di notte mi piaceva fare bisboccia. Avevo l'anima del bacán. Da noi bacán significa magnaccia, signor...?"

"Plegamans, Josep Plegamans Betriu."

Biscuter riuscì a malapena ad afferrare con la sua manina la punta delle dita dell'uomo, grosse come i sigari cubani che a volte fumava Carvalho.

"Aquiles Canetti, diplomatico."

10.

Mi dicesti che eri fanciulla

All'ombra lunare di una pianta di ombù in plaza Prim, Cayetano ricontava i tesori che stava mettendo in un carretto con le ruote di pneumatico. Dal ristorante Els Pescadors, ormai chiuso, arrivavano anche le ombre degli odori di soffritti, di pesce e di frutti di mare. Non riuscì a ricordare l'ultima volta che aveva mangiato qualcosa di simile a uno scampo. Una mano gli si posò su una spalla. Si voltò e aprì la bocca sdentata per dire:

"I piedipiatti! Io non ho fatto niente. Mi do da fare per sopravvivere, ma non ho fatto niente".

"Mi hanno detto che avevi una fidanzata, Cayetano" rispose Lifante.

"Fidanzata, io? Con questa faccia?"

"La Palita."

"Io non ho avuto niente a che vedere con la Palita."

Lifante fece un gesto a uno dei poliziotti che lo accompagnavano e il master in mendicità, verificato che nessuno nella piazza lo vedeva, mollò un calcio al carretto di Cayetano che lo fece crollare con tutto il suo contenuto.

"Ma perché? Mi vuole rovinare? È tutto quello che ho."

"Il prossimo calcio lo molla a te."

Ormai in commissariato gli chiesero di spogliarsi, e quello rimase nudo e sporco, con la pelle segnata da rivoli di lerciume, i coglioni protetti, quasi presi, nelle due mani.

"Cos'hai alle palle, Cayetano?"

"Un vecchio consiglio che mi è stato dato."

"Cosa diceva?"

"In galera proteggiti il culo e in commissariato i coglioni."

Lo ficcarono nella doccia delle celle che puzzava delle infinite sporcizie precariamente scrostate da tutti i corpi che vi erano passati.

"È vero" disse Cayetano appena lo misero seduto, per rispettare i giramenti di testa causatigli da tutto quell'odore di sapone e disinfettante che gli avevano propinato. "Avevo avuto qualcosa a che vedere con la Palita. Prima ho negato perché mi era stato detto che i poliziotti ti strappano comunque un sì. L'avevo conosciuta quando girava per le fiere recitando versi e cantando tanghi. Alla fine la Palita rimase quasi senza voce a furia di bere e io, quanto a voce, non ne avevo di avanzo. Ma formammo un duo, sì, un duo. Cantavamo vicino all'entrata delle cattedrali, la domenica. Barcellona, Tortosa, Gerona, Vic. Io finii per cantare tanghi senza accompagnamento musicale, vestito come i turisti si aspettano che siano vestiti i cantanti di tanghi, e lei posava con un abito rosso, aveva uno spacco nella gonna che le arrivava fino all'inguine. Si metteva in faccia un'espressione arrabbiata e ascoltava i miei tanghi. Poi mi mollava una sberla e cantava lei. Ai turisti la scena piaceva. Lo stronzo che canta e il puttanone che lo ascolta senza fargli troppo caso."

"Canta."

"Come dice, signor ispettore?"

"Ti dico di cantare."

Cayetano inspirò l'aria e la buttò fuori con le prime parole della canzone:

Mi dicesti che eri fanciulla
ma lo eri di una madame

che ti fece far la troia senza chiederti
se era per gusto o per stufare.

I poliziotti facevano pressione su Lifante perché mettesse fine al canto sgozzato del barbone.

"Hai la bocca che puzza di morto."

Cayetano si sentiva troppo pulito, quasi nudo, e tremava senza smettere di proteggersi le parti intime.

"Era una linguaccia e una grande ingrata. Io le davo sempre la fetta più grossa di quello che guadagnavamo, che non era molto, e lei se la spendeva tutta in grappa. Una bevanda del suo paese, diceva. Si scolava la grappa come fosse stata acqua. Il pubblico delle cattedrali non è molto generoso e non tiravamo su nemmeno i soldi per mangiare, ma lei diventava ogni giorno più grassa. La merda la faceva ingrassare, era sempre più sporca. Ci mettemmo a vivere per strada, in cerca di qualsiasi cosa, e lei guadagnava qualche soldo lasciandosi toccare da altri mendicanti."

"E tu sopportavi come uno stronzo" disse un poliziotto.

"Mi apparteneva forse? Io provavo solo affetto per lei e mi faceva pena, perché era piena di pretese e si vantava di aver fatto l'attrice di cinema, un'attrice del cinema internazionale, e mi mostrava le sue foto da giovane, con le tette al vento, seduta su una poltrona di paglia, molto bella."

"Chi ha quella fotografia?"

"Non me la portate via. È tra le mie cose, attaccata al doppio fondo del carretto, per non farmela rubare, c'è anche un po' di denaro."

Davanti ai suoi occhi, una mano reggeva la foto.

"È questa?" chiese Lifante.

Cayetano assentì. L'ispettore sembrava disinteressarsi, ma da un momento all'altro sarebbe tornato alla carica, gli avrebbe preso il mento con quelle dita che sapevano far male e gli avrebbe scosso la testa fino a ottenere purè di cervella.

“Perché odiavi Helga, Palita, come la chiamavi tu? Perché la chiamavi Palita?”

“Era lei a volerlo. Aveva cantato il repertorio di un cantante del suo paese che si chiamava Palito, Palito Ortega, e così si faceva chiamare Palita. Era una gran rompipalle. Non la odiavo, al contrario...”

Ma era entrato un giovane con notizie fresche e non lo ascoltavano più. Stavano tutti intorno a Lifante, a spartirsi sorprese ed esclamazioni. A Cayetano parve di udire il nome di Rocco e aguzzò orecchie, occhi e muso senza sapere cosa fare con le mani davanti ai suoi testicoli adesso più sicuri. Lifante era uscito dalla cerchia dei subordinati ed era lui, ora, a girare intorno a loro senza dire niente. D'un tratto l'ispettore batté le mani e ordinò:

“Avanti, marsh. Non bisogna lasciar raffreddare i cadaveri”.

Mentre uscivano non guardarono nemmeno Cayetano, e il barbone rimase in attesa che qualcuno gli orientasse la vita nelle successive ore. Non aveva l'orologio, ma le luci della sera si stavano dileguando quando decise di inquietarsi e raggiungere in punta di piedi la porta che separava dal resto della casa la stanza dove l'avevano abbandonato. Spinse piano la porta. Si spaventò vedendo un tale ammasso di poliziotti riuniti, una tale confusione immersa in un brusio ribattuto da qualche macchina per scrivere. Fece un passo indietro e stava già tornando al punto di partenza quando gli venne un sorriso sulla faccia, riprese il cammino per infilarsi nell'ufficio generale senza perdere il sorriso e arrivare fino al pianerottolo che coronava la scala di uscita. Nessuno lo intralciava, nessuno gli gridava un alt! in grado di dare un senso a tutto l'accaduto, a tutto quel che deve accadere a un barbone in un commissariato. Nulla. Nessuno lo fermava, e Cayetano continuò sempre più a guadagnare fiducia e paura in parti uguali, scendendo gradino dopo gradino, interrotto dall'aggressione visiva della guardia alla porta che percorreva a grandi falcate l'atrio d'ingresso. Sei vestito da barbone, Cayetano. Con questi panni in commissariato si entra, ma non si esce, non si esce bene. Fu la guardia a squadrarlo dal basso in alto, lo valutò con uno svolazzo dello sguardo che forse manco lo vedeva e continuò i suoi andirivieni. Cayetano considerò la possibilità di dirgli qualcosa di educato, un buona sera o forse ormai buona notte. Ma la sera non esisteva quasi più, e la notte non era ancora arrivata. Cosa gli doveva dire? La guardia si era fermata e lo guardava sorpresa.

"Ancora lì? Fa fatica a scendere le scale?"

"No. No, c'è che ho..."

La guardia lo sollecitò ad andare con un gesto della testa e Cayetano raggiunse la strada. Fu allora che si rese conto di essere scalzo e ricordò che gli era costato un mese ottenere un paio di scarpe buone come quelle che aveva lasciato nel commissariato. Era scomodo scendere di corsa Vía Layetana verso il porto, ma lo fece, lasciandosi alle spalle le strade con una tale voglia di non farsi vedere scalzo da nessuno da sentirsi l'unico abitante della strada, lui e le macchine. Ma tra queste non aveva occhi per vedere quella di Lifante, che lo seguiva con un passo da sentite condoglianze.

"Non acceleri, altrimenti quel disgraziato ci vede. Disgraziato e cretino, perché lo abbiamo lasciato solo con tutte le porte aperte e ci ha messo due ore a tagliare la corda. C'è gente che nasce per essere schiava. Quello lì ci guida a un buon porto, sicuro."

"Di fatto va verso il porto, ispettore."

"È una metafora, Cifuentes. Scommetto qualsiasi cosa che sta andando a trovare Rocco. Mi sono lasciato sfuggire il suo nome per vedere che faccia faceva e non ha fatto nessuna faccia, però ascoltava attaccato come un cerotto."

"Non sa che Rocco è morto."

"Ma sa che gli è successo qualcosa."

11.

Il cognato della ragazza che avrebbe potuto essere Emmanuelle

Era un bungalow talmente perfetto che a Carvalho parve la materializzazione dell'idea platonica del bungalow, ammesso che tra le idee platoniche di Platone figurasse il bungalow. La porta metallica del giardino si aprì da sola, ma quella dell'idea platonica venne aperta da una donna che ancora avrebbe potuto essere Emmanuelle. Lineamenti e misure ricordavano quelli di Helga Singer o Muchnik, sua sorella, vent'anni dopo lo scatto di quelle fotografie. Non c'era allegria né autocompiacimento nel suo viso da ragazza cresciuta con i capelli platinati molto ben tinti.

"Questo è stato forse il suo ultimo rifugio prima di scomparire. Era molto orgogliosa e per qualche tempo spediva lettere o telefonava o ci faceva visite sporadiche per raccontarci quanto andavano bene le cose. Sempre con il suo album di foto, e io fingevo di bermi tutto. Bastava vederla, soprattutto negli ultimi anni, per capire che le cose non andavano bene. Fisicamente, non era più la stessa. Era ingrassata in un modo per niente naturale. Io, fisicamente, mi curo. La mia famiglia è sempre stata molto sportiva, lì in Argentina. Papà, con i suoi ottant'anni, è ancora socio del Club Naútico de San Isidro, e la stessa Helga era stata campionessa di ginnastica ritmica."

"Dice che aveva cercato rifugio qui?"

"Rifugio?" disse Gilda sarcasticamente. "È una parola che non rientrava nel suo vocabolario. Ci faceva il favore. Capite? Il favore di passare un po' di tempo con noi. Cinque mesi indimenticabili, che non auguro a nessuno. Helga era un animale ferito."

Dorotea restava seduta accanto a Carvalho mentre la sorella di Helga Singer parlava, ma si sentiva assente, spiazzata dall'attenzione che Carvalho prestava al monologo della bionda. Dorotea si alzò per andare alla finestra. La bellezza del paesaggio con vegetazione da cottage inglese e laguna, più che piscina, sulla quale si inchinavano i più bei salici che avesse mai visto nella vita, la commuoveva. Aveva le lacrime agli occhi o forse le provocava la narrazione che le giungeva dalle labbra dipinte di rosa di Gilda Muchnik.

"Mio marito mi diede l'ultimatum, o lei o io. Era isterica e tutto quel che faceva parte della nostra vita le sembrava piccolo-borghese, meschino, senza grandezza. Lei invece veniva dal mondo dell'arte. L'arte ci salva dalla morte, ripeteva, e aggiungeva: 'Non è un paradosso'."

Dorotea sorrise complice della frase, quasi le sfuggì una risata, ma era triste.

"Un giorno che era ubriaca tornò a parlare dei tempi in cui voleva essere la Emmanuelle argentina e non le venne in mente niente di meglio che mostrare ai ragazzi le foto della campagna pubblicitaria, quelle del famoso nudo. Non riuscii neanche a intervenire. Mio marito le indicò la porta di casa e io l'aiutai a fare le valigie con le quattro cose che le erano rimaste. Ero a pezzi."

Dagli occhi di Gilda, ancor prima che dalle sue labbra, passò la scena in cui fu costretta a voltare le spalle a una sorella piagnona ma salda che smanaccia le cose infilandole nell'ultima borsa da riempire.

"Io le dicevo, Helga, stai lontana dai guai. Davanti a qualsiasi problema ricordati che hai una sorella qui. Che ti vuole bene. Helga, io appartengo a mio marito, ai miei figli, al mio mondo... Tu sei felice nel tuo. 'Chi ti ha mai detto che sono felice nel mio mondo?' rispose lei, e poi mi fece due volte il gesto dell'ombrello: 'Questo per te, borghesuccia, e questo per quel figlio di puttana di tuo marito baciapile'."

Dorotea s'immaginò la scena finché un riflesso sulla finestra la riportò alla realtà. Sul vetro si rifletteva la faccia della sorella di Helga. Dorotea si voltò per vedere il profilo della donna, ora assorta davanti al giardino per lei tanto abituale che sembrava non vederlo. Carvalho restava sul fondo, seduto e ricettivo. Gilda profumava di Must di Cartier e aveva un bellissimo profilo. Com'era riuscita quella scema a non avere neanche una ruga? Dorotea non trovava risposte, e nemmeno Gilda, che proseguiva implacabile con la sua rievocazione.

"Se ne andò via molto triste, molto affettuosa. Helga era così. Cambiava stato d'animo di continuo. Non mi chiamò mai più. Non ebbi mai più sue notizie. Le ho già detto che era molto orgogliosa. Ammiravo la sua indipendenza e arrivai a disprezzare la mia vita comoda, ben sistemata. Ma quando vidi e capii quel che aveva fatto della sua libertà..." La donna si voltò per guardare Dorotea e Carvalho allo stesso tempo. "Perché una cosa è la libertà e un'altra il libertinaggio, non è vero?"

All'improvviso Carvalho disse senza alzare lo sguardo da terra:

"Chi era il padre del figlio che aspettava?".

Del profilo di Gilda, così vicino a Dorotea, si mossero solo le labbra:

"Cosa sta dicendo?".

"Sua sorella era incinta quando se ne andò da qui?"

"Questa è una calunnia."

Carvalho sospirò e rimase a guardare le due donne incorniciate dalla stessa finestra, entrambe a disposizione di quel che poteva dire o del suo prossimo sospiro. Cosa stava succedendo? Da dove uscivano tante tessere complementari nella vita di un'immigrata della quale non si sapeva nemmeno perché avesse lasciato l'Argentina, perché avesse lasciato la sorella, il cognato, Rocco il protettore, Dieste il suo incredulo scopritore artistico?

"Perché sua sorella dovette lasciare l'Argentina?"

"Non la dovette lasciare. Voleva fare carriera qui. Erano gli anni della depressione che seguì la sconfitta delle Falkland, gli anni del debito estero."

"E lei? Perché venne qui?"

"Perché venne con me, suo marito..."

La voce era risuonata in un lato del salone e verso di essa si voltarono con un sussulto Gilda, con sorpresa Dorotea e con cautela Carvalho. Davanti a loro appariva un tipo di trionfatore da design, Guinness dei primati come uomo più affidabile del mondo, con l'aspetto di chi viene pesato tutte le mattine in oro come l'Aga Khan e in tutti i catechismi delle più importanti religioni. Gilda non sapeva dove mettersi, ma ormai era stata attraversata dallo sguardo gelido del marito. Le sopracciglia del padrone di casa richiedevano una spiegazione agli intrusi, non alla moglie, diventata una governante poco scrupolosa che sarebbe stata senz'altro redarguita.

"Siete venuti per qualcosa di ufficiale? State cercando qualcuno?"

Carvalho non rispose. Si rivolse a Gilda:

"Intendevo dirglielo in un altro modo, ma sua sorella è morta. La polizia non tarderà a risalire a lei. Non sa ancora che la barbona assassinata è imparentata con gente tanto distinta".

Il design umano si era portato la mano agli occhi per contenere la pena e con l'altra chiedeva alla moglie di avvicinarsi per abbracciarla più comodamente. Ma Gilda non si muoveva. Ora guardava Dorotea in attesa che le confermasse la notizia e il suo assenso la fece indietreggiare. Suo marito la raggiunse, questa volta con l'abbraccio pronto, ma mentre cercava di avvinghiarla come un polpo, Gilda lo fermò con i palmi delle mani aperte, come un parapetto contro il quale l'uomo affidabile si scontrò violentemente facendolo barcollare. Gilda uscì di corsa, ma non prima di dare del malnato al marito, che agitò le braccia incrociandole per chiedere comprensione, discrezione, rispetto in un momento tanto delicato. Quando smise di comunicare il messaggio gestuale, lo disse con le parole:

"Vi chiedo comprensione, discrezione, rispetto in un momento tanto delicato. Vi prego di venire nel mio ufficio, ecco qui il mio biglietto da visita, dove parleremo a lungo e nei dettagli di questa desolante circostanza".

Carvalho avanzò verso di lui per ridurre una piccola parte di tutte le distanze che li separavano:

"La prossima volta che ci si vede, spero che lei sia più affettuoso. Le mie più sentite condoglianze".

Ormai in strada, Dorotea ricapitolava:

"Ricorda quel che ci ha raccontato la sorella? Tutto quello che faceva parte delle nostre vite le sembrava piccolo-borghese, meschino. Dieste si era sbagliato. La ragazza aveva carattere. Bisogna avere carattere per affrontare questo manager di acciaio inossidabile che aveva per cognato".

"Ha vissuto il suo film personale, quello in cui non riuscì mai a recitare."

"Alcuni scrittori vivono letterariamente. Sono dei gran rompiscatole. Secondo lei, Helga visse cinematograficamente. Forse viverci insieme era veramente difficile."

Carvalho si fermò e costrinse Dorotea a tirare le redini alla sua volontà di fuga.

"Resta una faccenda in sospeso. Cosa c'entra Rocco in tutto questo?"

12.

Lei era un serpente puttanone

Il mendicante entrò nella mensa e guardò lo spettacolo degli indigenti che mangiavano senza respirare, ma i suoi occhi scelsero Cayetano, seduto davanti al cibo fumante. Il nuovo arrivato si mise in fila per farsi riempire di stufato il piatto metallico dalle suore e ben rifornito cercò posto accanto a Cayetano. Si muoveva in modo brusco e Cayetano si dovette scostare per fargli spazio. Il nuovo arrivato annusò diffidente la pietanza e ne controllò il contenuto con un cucchiaio, come per selezionare avanzi sospetti di altri pasti, con una leggera aria schifata in faccia.

"Odora di rape." Nessuno gli rispose e ripeté: "Odora di rape".

"Ci sono le rape" rispose Cayetano. "Costano poco e sono nutrienti."

"Non sopporto le rape." Però mangiò come tutti gli altri. "Uno di questi giorni mi do all'ippica e ciao." Tornò a mangiare ed esaminò Cayetano. "Si vede che tu sei stato qualcos'altro."

"Qui tutti sono stati qualcos'altro."

Il mendicante forestiero diede una sdegnosa ripassata visiva a tutto il circondario umano.

"È possibile, ma poca cosa. Sono quattro settimane che sono sulla strada. Il governo socialista mi aveva rovinato gli affari e questo nuovo governo mi fa schifo quanto il precedente. I politici sono i nemici degli uomini d'affari. Quello con i baffetti, qualcuno dovrebbe rasarglieli."

"Chi è quello con i baffetti?"

"Aznar."

Cayetano mostrò le gengive sdentate determinato a sorridere.

"Benvenuto all'Obitorio."

"Vorrai dire al porcile. Non sopporto la sporcizia."

Finito di mangiare, Cayetano e il mendicante uscirono in strada. Cayetano recuperò il suo carretto carico di cartoni e tesori da cassonetto. Camminavano stagliandosi contro l'orizzonte di Pueblo Nuevo. Cayetano si fermò per tirare fuori una bottiglia rognosa dal contenuto variopinto del carretto, la stappò e bevve a garganella. Fece schioccare la lingua soddisfatto.

"Acquavite. Non so che cosa farei senza l'acquavite. La mia ex moglie beveva grappa, ma se c'è l'acquavite..." Allungò la bottiglia al suo nuovo conoscente e ne intuì la prevenzione. "Non ho l'Aids."

"Come fai a saperlo?"

"Ogni volta che mi arrestano gli sbirri, mi interrogano nudo come mamma mi ha fatto. Non sai quanto sei nudo quando ti obbligano a stare nudo. Io mi becco sempre qualcosa di brutto, mi ricoverano, e le analisi sono perfette. Non ho nulla. Nemmeno il colesterolo alto. Niente di meglio della miseria per restare sani."

L'uomo cauto mandò giù un lungo sorso di acquavite prima di allarmare Cayetano.

"Te la scoli tutta!"

Arrivarono a un orizzonte di discariche e cercarono le rovine di quel che era stato un villaggio di baracche abbattute per tirare su un complesso residenziale high standing, come lesse Cayetano in inglese con l'accento madrileno. Si sedettero su quello che era stato il pavimento di una baracca.

"Quando mi sento gli sbirri addosso svanisco dal centro di Barcellona. Io non lavoro in centro perché c'è molta concorrenza e la gente lì ha troppa fretta, in questo paese tutti hanno troppa fretta" disse Cayetano.

"Cosa voleva da te la polizia?"

"Cercano quello che ha ucciso la Palita."

"La Palita?"

"Era stata la mia compagna, un puttanone, un pitone-puttanone."

"Serpente puttanone."

"Serpente vacca e puttanone vacca. Era come una vacca. L'hanno pugnalata e lasciata stecchita nella metropolitana. No. Non scendo in centro. Ci vado solo per farmi dare qualcosa da mangiare. Perché a loro piace dar da mangiare ai barboni. A volte mangio senza fame, ma ti si affezionano se li lasci essere caritatevoli. Ci andava anche la Palita, per la stessa ragione, ma lei era sempre incazzata e quando era ubriaca faceva dei casini della madonna."

"Chi può essere stato a ucciderla?"

"Allargava le gambe con tutti quelli del mestiere ma a volte faceva la capocciona e non le allargava, qualsiasi cosa le si desse, fosse anche una bastonata. Dev'essere andata così. Un figlio di puttana che se la voleva fare e lei non glicl'ha data." Il silenzio dell'altro spinse Cayetano a parlare di nuovo. "Forse quel suo vecchio fidanzato, lui non era dei nostri. Veniva a mangiare con noi ma non era dei nostri."

Si sdraiò a guardare il cielo e chiuse un occhio mentre con l'altro esaminava il suo compagno.

"Che lavoro fai? Come ti chiami?"

"Chiamami pure Curro. Per il momento, mi sto guardando in giro. Ho lavorato nell'officina del carcere Modelo e ho quattro baiocchi per tirare avanti mentre studio la situazione e getto l'occhio su qualche mangiatoia. Ai miei tempi, mi dedicavo a far passare mulatti, mori e africani in Francia, lì c'è bisogno di gente, e senza intermediari come noi in Spagna non si potrebbe vivere, troppa gente di colore. Ma adesso voglio guardarmi in giro e non commettere errori. Non mi piace finire al fresco."

Cayetano iniziò a tossire e non riuscì a fermare la tosse.

"Stai male?"

"Né male, né bene."

"Botte della madama?"

"No. Quelli ti palpano incazzati e ti parlano come se fossi un cane. A volte pizzicano un barbone e lo utilizzano come cavia, più di uno gli è rimasto secco sul posto. Chi vuoi che reclami? La Palita mi aveva raccontato cose terribili accadute in Argentina, in Uruguay, torturavano i vagabondi per allenarsi con i rossi e roba simile. Mi palpano. Mi strizzano la faccia. Mi minacciano le palle con la punta del ginocchio. Avrei diritto a un avvocato. Lasciami ridere. La Costituzione permette ai vagabondi di richiedere la presenza di un avvocato. Prova a chiederlo e ti renderanno la vita ancora più impossibile. Se mi palpano non fa male. Non so più cos'è che mi fa male. A volte penso che non mi farà più male niente. Mi pungo la mano con un coltello e non mi fa male, non mi fa male se sono io a volerlo. È l'anima che mi fa male. Il cuore. La faccenda di Palita. E che sia apparso quel vecchio fidanzato ficcanaso, raccontando la palla che per lei era disposto a vivere la sua vita, la mia vita, di restare senza un soldo in tasca, come te, come me, ed era un uomo di cultura. Argentino."

"Un sudamericano di merda!"

"Rocco. Si chiama Rocco."

"È stato lui a ucciderla?"

"No. Sicuro che manco lo sa che è morta. Io glielo vorrei dire, ma ho paura che mi seguano gli sbirri e di portarmeli dietro fin da lui."

"Se vuoi ti accompagno e controllo se ci pedinano."

A Cayetano si accese una lampadina per occhio e si alzò in piedi tra scricchiolii reumatici. Mise in marcia Curro dietro i suoi passi e costeggiò il cimitero di Pueblo Nuevo per sfociare ai confini del Villaggio Olimpico. Ma poi se ne allontanò in direzione delle ciminiere della centrale termica del Besós e, quando sembrava che quella fosse la sua destinazione, voltò a destra e prese per il quartiere della Mina, la galassia grigia di cubi grigi per popolazioni residuali.

"Quanti giri."

"Mai andare direttamente alle cose."

"Allora la Palita era un serpente puttanone."

"Lo era. Aveva la fica calda, tenera, come mollica di pane."

"E sapeva cose sulle torture ai vagabondi."

"Mi disse che fu per questo che fuggì dalla sua terra, da Buenos Aires. Non so se per quello che sapeva dei vagabondi, ma doveva trattarsi di una faccenda molto grossa, perché aveva gli incubi e parlava nel sonno, ma parlava in un argentino stranissimo che io non capivo e piangeva, piangeva di paura, come se i sogni la spaventassero. E fece dei sogni ancora più brutti dall'ultima comparsa del suo ex. Lui l'aveva accompagnata nella sua fuga in Spagna, poi l'aveva mollata, aveva girato per l'Europa, per gli Stati Uniti, era un professore, quel tizio, non so di che cazzo. Ma era tornato qualche mese fa e lei non era più la stessa. Smise così tanto di essere la stessa da farsi addirittura uccidere."

Adesso Cayetano rideva e Curro bestemmiò:

"Porchiddio, sei proprio strano. Piangi la morte del tuo serpente puttanone e poi ti metti a ridere".

"Sai davvero poco di noi barboni. Siamo fatti così. La merda ci ha creato una specie di corazza sul corpo e sull'anima. Quando bevo un po' più del dovuto mi piace riflettere sulla mia condizione. A Palita piaceva che filosofassi sulla vita sotto le stelle. 'Tu, Cayetano, avresti dovuto studiare' insisteva. 'Saresti riuscito addirittura a imparare cos'è un paradosso e soprattutto cosa sono due paradossi.' Tu, Curro, che cosa sai dei paradossi?"

13.

Il silenzio dell'innocente agnello macerato in salsa di capperi

"Era Rocco, infatti. Erano molti, troppi anni che non la vedeva e si era presentato qui. Con la strana pretesa che lo aiutassi a trovare Helga, prima degli altri. Lo ripeté più volte. Prima degli altri."

"Chi erano gli altri?"

Dorotea fa spallucce e approfitta della scoperta della tavola apparecchiata per tre per cambiare conversazione.

"Aspettiamo un ospite?"

"Il mio vicino Fuster. Oggi ho fatto un piatto che voglio fargli assaggiare. Prima che arrivi lui, non si fermi alla mezza verità di quell'altra mezza che mi ha già detto. Chi erano gli altri? Cosa aveva terrorizzato Helga al punto di venire in Spagna? E suo figlio? È pura coincidenza il fatto che sua sorella l'avesse seguita qui? Perché?"

Ma Dorotea ha la lingua paralizzata quanto gli occhi ed è in quel momento che Fuster bussa alla porta e costringe Carvalho ad abbandonare il salotto e andare ad aprire, scambiare false frasi indignate contro la pioggia, presentarlo, servire da bere e restare in attesa che l'argentina e l'uomo di Castellón trovino un accordo fra ciò che tanto piace al Lifante testa d'uovo, un loro sistema di segnali. Carvalho si affaccia alla finestra per vedere la pioggia che cade sulla città, specialmente la sfida delle acque contro le torri del Villaggio

Olimpico, accanto alla pozzanghera del mare, grigio, inutilmente rivelato dalla pioggia.

"Sapete perché mi piace tanto guardare dalla finestra? Noi mediterranei amiamo i balconi, i terrazzi, le finestre, ci piace affacciarci."

"Mi interessa di più che mi spieghi la ricetta dell'agnello alla Linguadoca."

Il commento di Fuster lo sposta dalla finestra e il detective si volta verso i due ospiti. Dorotea manda giù qualcosa senza alcol, fa una faccia nostalgica e sofferente per giustificare il fatto di non bere alcol, e crede necessaria una giustificazione a ciascun sorso. Come tutta la sua generazione aveva bevuto troppo, questo era quanto. Adesso aspetta le spiegazioni dell'anfitrione sospettando che le sue conoscenze culinarie continuino a essere un bluff.

"A mio parere, l'agnello in salsa di capperi è una ricetta della Linguadoca, anche se potrebbe perfettamente essere italiana, addirittura spagnola se gli spagnoli sapessero fare con l'agnello qualcosa di più che bruciarlo sulle braci e fargli venire il mal di testa rigirandolo allo spiedo. L'agnello va tagliato a pezzi, meglio la zampa anteriore o la coscia. Si soffrigge brevemente dello scalogno nel grasso d'oca, ma se si ha repulsione per il grasso animale, questo può essere sostituito con olio aromatizzato da una punta di grasso d'oca. Si ritira lo scalogno e nell'olio aromatizzato si rosola la carne, aggiungendo aglio, prezzemolo, gli scalogni, una spolverata di farina, si aggiusta di sale e pepe, si versa il vino bianco nella proporzione richiesta dalla carne e non succede niente se se ne aggiunge dell'altro, l'importante è non ubriacare il manicaretto. A seconda di quanto sta zitta la bestia, a seconda di quanto dura il silenzio della carne, deve cuocere da mezz'ora a un'ora. Si prepara a parte un purè di acetoselle e spinaci e a questo purè si aggiunge il sugo di cottura e da tre a quattro cucchiaiate di capperi, secondo i gusti dei commensali. La salsa di capperi si serve a parte. I capperi vi piacciono?"

"Non penso ad altro."

"Il cappero è uno dei frutti più umili della terra e in conserva raggiunge uno dei sapori più definiti. Non c'è nulla come il sapore del cappero. Soltanto i capperi."

Fuster non è d'accordo e aggiunge che il cappero è un frutto per insalate e che se è entrato in alcune cucine spagnole è per via dell'influenza italiana. Mediterranea, corregge Carvalho. Sia a Maiorca che a Minorca o a Murcia il cappero è qualcosa di più di una nota amara nelle insalate.

"*Jejunus raro stomachus vulgaria temnit.* Uno stomaco a digiuno raramente disdegna i cibi volgari" commentò Fuster sdegnoso.

Il piatto si meritò l'applauso entusiastico di Dorotea, abituata a mangiare qualsiasi cosa; perché mai una donna sola dovrebbe mettersi a cucinare? Quando parlava esagerando le sfuggiva l'eufonia di tutti i fichetti della terra, con le vocali stanche di sopportare così a lungo il peso delle consonanti.

"Vino Marqués de Griñón? Lo compra perché le piace la nobiltà?"

"Nossignora. Compro questo Cabernet Sauvignon, Marqués de Griñón, perché il signor marchese deve passare gli alimenti a Isabel Preysler e così lo aiuto."

Inizialmente Dorotea si concesse un bicchierino, solo un bicchierino di vino, ma smise di controllarsi e si attaccò alla bottiglia come se si stesse preparando a cantare un corrido messicano. Carvalho decise di accendere il caminetto e si sedette davanti all'architettura della legna. Aveva un libro tra le mani. Era *Taipi*: uno sguardo alla vita della Polinesia, di Melville.

"Qual è l'argomento oggi?" chiese Fuster.

"La menzogna del Sud. Non saprei. Brucio come un barbaro, non mi preoccupo nemmeno di scegliere. Prima era diverso. Bruciavo i libri perché li avevo letti, molti anni dopo averli letti."

"Quanti libri avevi?"

"Diecimila."

"Diecimila?"

A Dorotea piaceva sentirsi sorpresa, ma quasi lanciò un urlo da struzzo sgozzato quando Carvalho distrusse il libro e lo collocò in mezzo al futuro falò. Diede fuoco alla carta e le fiamme salirono attratte dal tiraggio del camino, disegnando ombre discontinue sul viso ancora attonito della donna che guardava il fuoco e poi chiedeva risposte a Fuster, non attento, o a Carvalho, attento solo al corretto lavorio delle fiamme. Dorotea si dedicò a esaminare i libri superstiti, accarezzandoli con i polpastrelli, come se li incoraggiasse a resistere alle prove che li aspettavano.

"Diecimila libri. Vedo che ha un libro che oggi sono in pochi a conoscere, *L'immaginazione liberale* di Trilling."

Carvalho assentì.

"Avrei dovuto bruciarlo già tempo addietro. Lo lasci in vista perché me ne servirò per il prossimo falò."

"Me lo dà?"

"No. Apprezzo i suoi buoni sentimenti d'indulto, ma no. Quello che ho bruciato di Trilling fu *A metà del viaggio*, un romanzo. Era un ritratto della paura di fallire vissuta dai materialisti dialettici e storici. Ricordo che noi comunisti non accettavamo mai i fallimenti, erano soltanto errori. Allora come avremmo potuto accettare la morte?"

Dorotea sembrava sconcertata dal disvelamento culturale di Carvalho.

"La morte, è lì il fallimento, l'evidenza della truffa" continuò Carvalho.

"E cos'ha a che vedere tutto questo discorso col bruciare i libri? La cultura è l'unica consolazione di fronte alla morte."

"Anche tu, Fuster, mi tradisci colpendomi alla schiena?" Carvalho voleva spiegarsi. "Nel momento della verità è preferibile dar retta ai boleri, ai tanghi. I libri non insegnano a vivere. Ti aiutano solo a mascherarti." Squillò il telefono. Biscuter parlava con imbarazzo e tossicchiava troppo.

"Sei solo?"

"No."

"Visitatori scomodi?"

"Senz'altro, capo."

"Poliziotti?"

"E chi, altrimenti?"

Ma Biscuter venne allontanato dal telefono da qualcosa o qualcuno e Carvalho assistette alla prima mondiale delle sue relazioni telefoniche con Lifante. Gli ordinava di scendere immediatamente a Barcellona perché c'erano sintomi evidenti che stesse interferendo con l'operato della polizia. Parlando, quasi mai ci si capisce, obiettò Carvalho. Fu allora che Lifante menzionò Roland Barthes.

"Come dice Barthes, bisogna distinguere tra Lingua, Parlato e Linguaggio."

"Precisamente stasera l'ho dedicata al silenzio, al silenzio degli innocenti agnelli macerati in salsa di capperi."

"Viene o non viene?"

"Domani è un altro giorno. Passerò dal suo ufficio."

"Si trova con la cittadina argentina Dorotea Samuelson?"

"Perché?"

"Le dica che temiamo sia capitato qualcosa a Rocco, Rocco Cavalcanti."

14.

Taci coglione e continua a mangiare ’sta merda

“Non mi lascerebbero nemmeno entrare in quel bar di questo quartiere schifoso.”

Seduti sulla scarpata che scende dalla strada verso la prima fila di case della Mina, Cayetano e Curro contemplano l’effetto delle luci dello schermo televisivo sui clienti del bar Pichi.

“Se continui a fare il barbone scoprirai di essere invisibile, per quanta sporcizia tu abbia addosso, sei invisibile, ma a condizione di esserlo veramente, mi spiego? Io non posso entrare in quel bar di poveri perché non mi temono. Posso entrare in un bar di ricchi perché non sanno come cacciarmi via. Hanno paura di me. Una paura strana. Interna. Gli rompe l’anima che noi barboni esistiamo, capisci? Ed eccoci qui in attesa dell’arrivo di Rocco, perché questo è sempre stato il nostro modo di darci appuntamento. Viene da lì, come se andasse al bar, ma poi lo supera, io scendo per questa china e lo seguo fin dietro l’angolo. Lì non c’è luce e parliamo senza che nessuno ci spii. L’ho conosciuto come te, nella stessa mensa o in qualcuna che le somiglia. Eravamo lì, intorno alle pentole piene di cibo. Rocco era uno dei tanti. Io stavo seduto accanto a Helga, la Palita, non so cosa mi succede quando la chiamo Helga, mi sembra di parlare di un’altra. Notai che era stata colpita da qualcosa, aveva riconosciuto Rocco. Aveva voglia di andargli incontro ma si trattenne. Io mandavo giù una cucchiaiata dietro l'altra, stando sulle mie, bello zitto, perché lei non si incazzasse e buttasse la scodella per aria. Rocco venne al tavolo come se fosse la cosa più naturale del mondo e si sedette di fronte a noi. Loro due faccia a faccia, come incollati dagli sguardi. La Palita doveva fare qualcosa e così gli parla come se gli sputasse:

'Perché mi guardi in questo modo?'.

'E tu a me?' rispose Rocco.

'Non è normale che un uomo guardi una donna se non se la vuole scopare o se non la conosce in qualche modo' disse la Palita. 'Ti conosco in qualche modo? Rocco?'

Il tizio rimase precongelato. Io gelato. Alla fine gli si riempiono gli occhi di lacrime e dice con la gola piena di saliva:

'Helga'.

Io dovevo pur fare qualcosa e mi imbufalisco. Guardo la tizia e le dico con voce molto spavalda:

'Palita. Tu non ti chiami Palita?'.

'Taci coglione e continua a mangiare 'sta merda.'

Lei si alzò e fece un gesto rivolto a Rocco perché la seguisse. Si sedettero a un altro tavolo lontano da me e si misero a parlare. Lui voleva fare il tenero, lo sdolcinato, ma lei non glielo consentiva e aveva un'incazzatura addosso, non scherzava affatto. D'un tratto lei gridò: 'Siamo due vincenti! Io me la cavo come posso, e tu? Sei quello che sembri o cerchi emozioni forti?'."

Cayetano ammutolì e il compagno rispettò il suo silenzio e il vagare dei suoi occhi per tutti gli orizzonti in cerca delle immagini sparse dalla rievocazione. Ma tace troppo a lungo.

"Hai finito? Tutto qui?"

"La Palita divenne la sua protettrice."

"Lei proteggeva Rocco?"

"Sì, e mi chiese di aiutarla, perché lui era in pericolo e se Rocco era in pericolo lo era pure lei. Fu così che mi mise al servizio dei loro incontri, dei nascondigli di lui. Palita e io gli offrimmo tutti i nascondigli che conoscevamo nella città, i più sicuri, persino i rifugi contro i bombardamenti della guerra civile, qualcuno è rimasto."

"E questo è durato a lungo?"

"Fino alla scomparsa di lei."

"Lei era scomparsa?"

"Sì. Allora quel tizio si è messo a rompere le scatole a me."

Passarono i quarti d'ora che Cayetano seguiva sui sei orologi che aveva distribuiti sui due polsi, maledicendo la scarsa affidabilità ispiratagli da tutti e sei.

"Sai dirmi l'ora?"

Curro gli mostrò i polsi vuoti.

"Un uomo si merita di avere un orologio, anche solo un orologio. Fu questo che mi disse mio padre quando mi regalò il mio primo orologio, un Duward."

"L'ho perso in una partita a carte alla Modelo e non voglio spendere soldi. Li adopererò per cose più serie."

Cayetano si sentiva a disagio con i suoi sei orologi addosso davanti alla nudità oraria di Curro ed evidenziava esitazioni segrete.

"Io te ne darei uno, ma funzionano tutti male. E questo tizio non viene. Vediamo se... Forse l'hanno acciuffato, perché stamane, anche se adesso sono qui, sono uscito dalla Questura con i miei coglioni tra le gambe, dalla porta principale, e ho sentito qualcosa a proposito di Rocco, che gli poteva capitare qualcosa."

"Io me la filo, non voglio pasticci."

Cayetano schioccò la lingua e offrì alla sua conoscenza appena acquisita un sorriso sufficiente e sdentato.

"Un po' alla volta ci farai il callo."

"Non ho voglia di tornare in galera."

Si mise in piedi, si pulì il sedere dei pantaloni con entrambe le mani, scorrazzò giù per la scarpata fino a raggiungere la strada e da lì gridò a Cayetano:

“Se ho bisogno di te so già dove trovarti”.

Voltò dietro il primo angolo, ma tornò sui propri passi per vedere se Cayetano lo seguiva. Si stava filosoficamente arrotolando una sigaretta di trinciato con i migliori mozziconi di Barcellona. Curro continuò a camminare a passi veloci e vide un'Opel blu a un isolato di distanza. Avanzò deciso verso la macchina, controllò che Cayetano non lo seguisse e si infilò nel veicolo liberandosi dell'aria cattiva immagazzinata nei polmoni con una rumorosa espirazione.

“Ancora un po' e crepo dallo schifo. È l'ultimo lavoro che faccio da barbone, una cosa è la teoria di Celso Cifuentes e un'altra la pratica. Ho dovuto bere dalla stessa bottiglia di quel disgraziato. Rocco era un vecchio fidanzato della Palita, di Helga Muchnik o Helga Singer, nome d'arte. Cayetano non ci ha detto niente perché ha paura di cacciarsi nei guai. Sospetta che quel che legava Helga e Rocco non fosse qualcosa del mondo dell'accattonaggio. Diffida, teme che gli si possa complicare la vita. Pare che Helga avesse offerto a Rocco una serie di nascondigli in città. Quegli angoli dove sanno nascondersi loro quando non vogliono farsi trovare.”

“Tira fuori da quel disgraziato l'elenco di quei posti” disse Lifante.

“Devo tornare nella merda?”

“Appena. Spaventalo se non parla. Digli che sei uno di quei fascisti che uccidono il rifiuto umano e, se non si spaventa, lo arrestiamo.”

L'auto partì e l'autista avvertì Lifante che c'era una chiamata del medico legale. L'ispettore si mise l'auricolare per ricevere il messaggio in esclusiva e quando fu suo affondò nel sedile a ponderare sulle parole del patologo. Cominciò a comporre *L'inno alla gioia* di Beethoven con le fosse nasali davanti all'attenzione accentuata del finto barbone. Infine Lifante esclamò:

“Non è stata uccisa in metropolitana!”.

"Palita?"

"O Helga, o come si chiama. L'hanno uccisa con un colpo in testa. Con qualcosa di simile a una mazza da baseball. Poi l'hanno crivellata di pugnalate per deviare i sospetti e hanno lasciato il corpo nella metro."

"Tenendo conto di quel che mi ha detto quel disgraziato, forse non c'è alcun mistero nella morte della donna. Era un serpente puttanone, come dice lui. Chiunque potrebbe averla stecchita. Nonostante quel che abbiamo promesso a suo cognato, bisognerebbe dare la notizia sulla vera identità della morta" disse il poliziotto mendicante.

"Non essere scemo. Niente di niente. Bisogna aspettare. Vedere come si muovono."

"Chi?"

"Chiunque essi siano."

Sbarcarono in Questura. Lifante salì al piano del potere e percorse i corridoi che davano sull'ufficio in cui il potere si riuniva di tanto in tanto con i suoi esecutori. Questa volta non c'era alcun rappresentante diretto del governo e il Questore, pur autodotandosi della gestualità più importante che gli riusciva, lo accolse tra due stanchezze. Non voleva che Lifante lo stancasse ulteriormente e ascoltò senza prestare troppa attenzione il riassunto delle faccende più note. Lifante si tenne per ultima l'esposizione dei progressi ottenuti nell'investigazione del caso della barbona che era qualcosa di più di una barbona, ma quando menzionò il nome di Helga Singer, il capo gli domandò sorpreso:

"Chi è questa?".

"Si tratta di quella barbona trovata assassinata nella metro, era stato insinuato che potesse essere qualcosa di più di un regolamento di conti tra miserabili."

"Chi ha insinuato questo?"

"Era presente anche lei. L'ha insinuato l'Eccellentissimo Signor Delegato del governo."

"Quello lì, nessuno l'ha mai chiamato eccellentissimo signore in vita sua. Lei vada per la sua strada, Lifante. Mi procuri un colpevole e non perda troppo tempo in questo caso. Abbiamo un colpevole?"

"Una prefigurazione di colpevole."

"Allora, avanti."

Diede per terminata l'udienza. In corridoio Lifante incrociò un ciccione vestito di bianco, sbuffava procedendo adagio verso l'ufficio del Questore con la maestà di un elefante fradicio di profumate umidità.

15.

Non tutte le battute di baseball sono uguali

Il medico legale spegne la luce e illumina le radiografie attaccate all'espositore. Orienta lo sguardo di Lifante con un dito.

"Questa è la testa della donna. Il colpo è stato inferto dall'alto verso il basso, reso più violento dal peso dell'assassino, la mazza ben sorretta da entrambe le mani, ed è riuscito ad ammazzarla per l'impegno profuso e con l'aiuto del peso di tutto il corpo, ma non è un colpo pulito, sicuro, esperto. Come colpo è un pasticcio. Un pasticcio criminale, ma un pasticcio. Passiamo ora alla radiografia di Rocco Cavalcanti. A lui hanno dato un colpo perfetto, alla base del cranio, sopra la nuca tanto per capirci, e con grande stile, come se la sua testa fosse stata una palla. È opera di qualcuno abituato a usare la mazza e con una muscolatura sufficiente per infliggere il colpo di lato e in modo deciso. Non creda che sia facile. Tenga, prenda la mazza e cerchi di colpire di lato l'ispettore Cifuentes che tra l'altro è della sua stessa altezza. Cerchi di colpirlo."

Cifuentes tossicchiò.

"Non lo faccia al buio. Potrebbe accendere la luce?"

Così fece il luttuoso medico legale e Lifante impugnò la mazza con entrambe le mani, si piazzò a prudente distanza dal suo aiutante, alzò il bastone e si voltò a sinistra. Pur avendo mirato all'altezza del cranio del master in mendicità, il peso del legno gli fece abbassare il tiro e Cifuentes si sentì passare la mazza a due centimetri dal collo come una specie di cometa.

"Lo vede? Lei voleva colpire all'altezza della testa, ma se l'avesse toccato si sarebbe limitato a rompergli il collo in malo modo, forse. No. Il colpo è stato inflitto a Rocco da un giocatore abituale."

"Un giocatore di baseball?"

"Non credo che ci siano assassini tra i pochi giocatori di baseball di Barcellona, basta un qualsiasi professionista delle bastonate. Metta in moto i suoi confidenti."

"Non basta un assassino, devo trovarne due?"

"Il problema è suo."

Nello stato maggiore di Lifante si radunano specialisti con differenti discipline accumulate, e così come il master in mendicità era anche esperto in stupratori dell'hinterland, Rodríguez, il cacciatore di pusher di droghe sintetiche, ex ultrà-macrobiotico, sa quasi tutto sui macellai stipendiati.

"Ammazzare, si ammazza poco. Ma spaccare le ossa, capita tutti i giorni. Centomila pesetas, un avvocato casomai e un uomo di paglia per pagare le cauzioni. Normalmente si utilizzano, nel caso di mazze da baseball, skinhead veri o loro succedanei. Ti posso dare tre nomi di bulli che girano fingendosi skin e non lo sono, ma in questo modo si notano di meno."

Lifante prende nota dei tre nomi e distribuisce il lavoro.

"Curro, continua a chiamarti Curro e cerca di far cantare Cayetano. Se ti sembra il caso lo arresti e me lo porti qui. Tu, Ecstasy, vieni con me e con tre agenti a cercare i bulli. A colpo sicuro. Non mi piace muovermi alla cieca."

Passarono metà della serata cercando i tre individui e di tutte le operazioni poliziesche la più spettacolare fu l'assalto ai magazzini abbandonati di un antico cantiere di barche, nel Porto Vecchio. Un nido di topi e di fascisti, questo il senso della soffiata. Lifante e i suoi eseguirono un'irruzione molto teatrale che si risolse con una retata di bambini che fumavano erba e di un cane che teneva loro compagnia. In una carrozza su un binario morto ai confini di Pueblo Nuevo scovarono un avanzo di bordello: diversi vecchi aspettavano il loro turno per entrare nello scompartimento di lusso dove due ragazze nere allargavano le gambe. L'ultima opportunità venne loro offerta dalla palestra La Razza, arti marziali e culturismi vari. Il Pascualet, occupato a rimpolparsi i muscoli, si vide circondare da gente strana e dal silenzio dei ginnasti sudati in attesa.

"Attento a come metti le manette, questi tizi hanno ottimi muscoletti persino nei polsi."

Appena uscito il Pascualet ammanettato e disgustato, anche se con la faccia da ruffiano impenitente, come ripeté Celso Cifuentes più volte davanti a tanta muscolatura, il responsabile della palestra prese un cordless e fece una chiamata.

"Problemi X4."

Il ciccione aumentò il volume perché occupasse l'intero abitacolo della macchina.

"Problemi X4. Problemi X4. Polizia ha praticato l'arresto."

"Polizia? L'avete verificato?"

"Affermativo."

"Lifante?"

"Affermativo."

"Pulizia appartamento, ripeto, pulizia appartamento. Vado a dare un'occhiata."

L'auto fece una mezza svolta e il brusco movimento suscitò indignazioni insufficientemente esplicite in altri guidatori. Quando la macchina del ciccione arrivò davanti a casa di Pascualet, la polizia era già lì e gli occhi di Aquiles non si limitarono a supporre dove localizzare la finestra dell'appartamento del culturista. Aprì il cassetto del vano portaoggetti rivelando una centrale di ricezione del suono per dedurre cosa stesse accadendo oltre il vetro del sesto D e ascoltare cosa dicevano i poliziotti che circondavano Pascualet. Lifante mostrava una mazza da baseball.

"È stato con questa mazza da baseball che hai fatto fuori la barbona e Rocco?"

"Non so di che cosa mi sta parlando."

"Lo sai a quale barbona mi riferisco. Come siete venuti a sapere che aiutava Rocco Cavalcanti?

"Non so di che cosa mi sta parlando. Analizzate la mazza, troverete solo cuoio capelluto di qualche frocio."

"Se non è stata questa mazza è stata una qualsiasi altra che hai preso dai tuoi compagni. Non ti piacerà, signor muscoletti, non ti piacerà diventare un topolino da galera. Ti cadranno i muscoletti."

Il ciccione, in auto, telefonava mentre seguiva la conversazione.

"Osorio, metti in moto un avvocato, veloce. Questo crolla dopo neanche dodici ore senza proteine pure. Io vado a fare il lavaggio del cervello a quelli di sopra."

Lifante e il ciccione arrivarono in Questura quasi contemporaneamente. L'ispettore venne salutato dall'avvocato di Pascual Esteve Macanaz, alias Pascualet, Jorge Basualdo, un avvocato esperto nel tirar fuori gli ultrà nel giro di ventiquattr'ore.

"Insomma, Basualdo. Di nuovo arriva prima lei del detenuto."

"Bisogna sapere chi si detiene."

A sua volta, il ciccione sfociò nell'ufficio del Questore con una smorfia di angoscia sulle labbra.

"Disperato, capo, sono disperato. Tutto quello di cui abbiamo parlato non è servito a niente. L'ispettore Lifante sta mettendo il naso sotto troppi tappeti, io lo capisco, con la mano sul cuore, lo capisco e so che la legge è al di sopra di tutto. Ma la legge è una dama cieca davanti alla logica del tempo storico. Hanno appena arrestato Pascualet, un'istituzione nei gruppi incontrollati degli ultimi anni settanta e primi ottanta, formato in Bolivia insieme agli italiani, tutti collegati a funzionari spagnoli e a cariche ereditate dal regime precedente. Volete che venga fuori tutta questa immondezza? Può il governo attuale trarre profitto dall'offensiva contro i GAL se comincia a rispuntare qualcosa di simile da tutte le parti in ogni momento? Capisco che lei è un professionista. Cosa vuole dire a me, che avevo a carico tutta la polizia di Rosario, la città natale del Che, ai tempi del Proceso! Si consulti con i suoi superiori. Abbiamo bisogno, rispettato amico, di una decisione politica. Abbiamo, invece, un colpevole evidente, facile da digerire. Quel barbone recalcitrante, Cayetano, credo che si chiami. È quella la strada per risolvere il caso."

In quel momento l'ispettore Lifante aveva preso una decisione tassativa.

"Che si renda pubblico il ritrovamento del cadavere di Rocco Cavalcanti. Insinuate che si tratta di un regolamento di conti tra mafie di narcotrafficanti, ma non collegatelo al caso di Helga Muchnik."

Quindici minuti dopo il fax arrivava alle principali redazioni di giornali, radio e televisioni della città, suscitando appena l'inarcarsi di un sopracciglio di qualche giovane studente di Scienze dell'Informazione in periodo di pratiche. Più di uno cercò di vendere al suo superiore la necessità di approfondire la notizia, ma a chi può interessare un trafficante in più o in meno? Non era questa l'opinione del Questore.

"Ma Lifante, è impazzito? Un altro pasticcio di trafficanti e lei mi ferma un pericoloso violento, un macellaio fascista? Vuole combinare un casino? Quel fascista, ha confessato qualcosa?"

"No."

"Allora, buttatelo fuori. Si immagini un po': fascisti, barboni, narcotrafficanti e la destra al potere. Questo può far comodo soltanto ai socialisti."

16.

Chi era il padre del ragazzo di Helga?

Alla prima stazione della via crucis del trattamento di bellezza, Gilda Muchnik si fermò davanti all'immagine rimandatale dallo specchio e non ebbe il coraggio di domandargli se continuava a essere la più bella del reame. Temeva le rispondesse: No, è ancora Helga. Per tre ore passò attraverso la catena dei restauri: correnti elettriche per la cellulite, contro i dolori lombari ginnastica passiva, prima di essere infangata dalla testa ai piedi e ficcata tra lenzuola e coperte per mantenere il calore. Il suo corpo alla fine venne messo a riposare come una mummia, impiastricciato di fanghi vulcanici, finché lo squillo di una sveglia la resuscitò liberandola dal sudario. Apparve un nudo di donna tra due giovinezze che avanzava verso la doccia come una figlia sventurata del faraone con volontà di fuga. Sotto l'acqua ritrovò un po' alla volta la realtà del corpo e si lavò via il resto del fango con una certa ripugnanza. Giunse l'ora del massaggio, incluso quello facciale, sotto le mani durissime di una massaggiatrice di ottanta chili.

"La pappagorgia. Lavori sulla pappagorgia."

"Ma se non ne ha."

"Grazie, ma non lo venga a dire a me se ce l'ho o non ce l'ho. Tutte le donne della mia famiglia hanno sempre avuto un po' di pappagorgia."

Finite le operazioni si guardò il viso che risultava allo specchio. "E se mi facessi un lifting? Qualche applicazione di collagene?"

"Io ancora non me lo farei. Lei ha un'epidermide che convenientemente curata..."

"Un po' di collagene, no? Non ancora? Tutti se lo fanno."

"Ogni cosa al suo momento."

"E quale sarebbe questo momento? Se lo dice lei. Mi terrorizza invecchiare o almeno che si noti che sto invecchiando. Quanto mi piaceva prendere il sole sulla barca a vela di mio marito, ma mi hanno messo paura. Il cancro, le macchie. Abbiamo un corpo soltanto, per tutta la vita. Collagene, no?"

La massaggiatrice si strinse nelle spalle, ma non esprimeva indifferenza, bensì l'amabilità di restituire a una cliente la sua capacità di decisione. Quando Gilda recuperò la sua silhouette e la maschera della cittadinanza, la massaggiatrice le rivolse un penultimo sguardo di fastidio, l'ultimo invece era sorridente mentre si mettevano d'accordo per un nuovo incontro, due giorni dopo. Gilda credeva di percepire una certa ostilità in fondo agli occhi della donna.

"Collagene. Forse ha ragione lei. Credo che il buco nello strato di ozono produca tutto il collagene che le argentine si mettono sul viso. Nel mio paese lo fanno anche gli uomini. Ci fu un ministro che si operò al sedere perché lo aveva molto sporgente, e Alfonsín, un capo del governo, si fece estirpare le orecchie. Poveretto, a vederlo sembrava castrato."

La risata canterina di Gilda l'accompagnò per tutta l'uscita dall'Instituto Nefer, e quando ormai era diventata un sorriso, questo le si cancellò alla vista di Carvalho, un ostacolo sulla strada che la portava alla sua macchina. Lei finse di non riconoscerlo, ma Carvalho si presentò con una tale ricchezza di connotati ed evocazioni che Gilda dovette equiparare l'entusiasmo del rincontro.

“Se ci va, mi farebbe un piacere portandomi in città. Sono venuto senza macchina perché ignoravo dove si trovasse esattamente questo prodigio. In mezz’ora ho visto uscire circa venti donne degne della copertina di ‘Hola’.”

Gilda guidava doppiamente preoccupata, per le code di auto che cercavano di infilarsi nella Ronda de Dalt e per la presenza di Carvalho al suo fianco, molto rilassato, le mani dietro la nuca e il corpo allungato per sgranchirlo.

“Tutto quel che le potevo dire di mia sorella è già stato detto.”

“Ci sono conti che non mi tornano, signora Muchnik. Lei si è iscritta al centro di estetica come signora Muchnik.”

“Mio marito è un po’ speciale e lo infastidiscono le spese superflue.”

Carvalho si sporse in avanti per guardarla.

“Superflue? Forse ha ragione lui. Lei non ha bisogno di alcun trattamento per sembrare una stella del cinema. Anche lei avrebbe voluto diventare una star?”

“Quel ruolo era riservato a Helga. Io sono pienamente realizzata: mio marito, i miei figli.”

“I suoi figli.”

Gilda si voltò verso di lui e lo guardò con aria di sfida.

“I miei figli, sì.”

“I conti non tornano, signora Olavarría.”

“Muchnik, se non le spiace.”

“Come la mettiamo? Figli sì, mariti no. Un antico grido sovversivo. Ripeto che i conti non tornano. Secondo i dati ufficiali lei ha concepito e partorito due figli, un maschio e una femmina, a spese di Bobby Olavarría, che è come chiamano di solito suo marito. Ma con voi ne vivono tre; il terzo è un altro ragazzo. Si è aggiunto un maschio di circa quindici anni. Si è aggiunto alle vostre vite ormai sono... Quanti anni sono? È un bambino adottato?”

“Diciamo di sì.”

"Diciamo di no."

Lei non aveva il coraggio di sostenere il suo sguardo e infilò l'auto nel primo parcheggio che riuscì a trovare, uno di quei parcheggi, pensò Carvalho, realizzati grazie a un patto tra due delinquenti, il Comune e il proprietario dell'immobile, da una parte allo scopo di riuscire a immagazzinare il maggior numero possibile di auto e, dall'altra, di costringerle a strusciare le pareti o a graffiare altre macchine, arricchendo in tal modo tutte le autofficine della città. La donna lasciò la macchina con la lamiera del lato sinistro pronta per l'esame del perito dell'assicurazione. Carvalho era rimasto zitto mentre lei si ostinava a sfregare tutte le pareti di quel mattatoio di macchine. Gilda si rilassò e gettò la testa all'indietro. Appariva molto bella. Era molto bella.

"Helga me lo portò otto anni fa, forse nove. Non riusciva a dargli da mangiare. Io facevo miracoli per aiutarla, ma lei non aiutava se stessa. Mi faceva orrore vedere mia sorella in quello stato."

"Suo marito accettò il ragazzino?"

"A denti stretti. Ma questo, per lui, non è un fatto nuovo. Accetta tutto a denti stretti. Vive a denti stretti. Prega a denti stretti."

"Prega molto?"

"All'Opus Dei si prega molto. O almeno mio marito fa parte della sezione pregante."

"Non l'avrei mai immaginato. Ma senza dubbio pregano per telefono o per internet o via fax. È un cattolicesimo moderno. Quello che non riesco a credere è che Helga le abbia consegnato suo figlio e poi non si sia interessata di lui, che non abbia cercato di mettersi in contatto con lei."

"Fu la condizione imposta da mio marito. Non la sopportava. Helga rappresentava tutto quello che lui non riesce a sopportare in una donna, soprattutto la sfacciataggine e la mancanza di sensi di colpa."

"Perché Helga venne in Spagna? Perché lo faceste pure voi?"

Gilda vuole pensare a quello che sta per dire ed esamina Carvalho come per soppesare se meritava di ricevere le sue confidenze.

"Mio marito dovette venire appena caddero i militari. Non più militari? Non più Olavarría. Aveva ricoperto alte cariche durante la dittatura e a me al principio non importava la cosa, perché non mi importava nemmeno di lui, se devo essere sincera, ma a mano a mano che sprofondava la baracca, Bobby si innervosiva sempre di più e appena il pubblico ministero Strassera cominciò a organizzare i processi, venimmo in Spagna."

Carvalho ringrazia con la testa per la prova di fiducia e profonde tutta la tenerezza del miglior amico della protagonista del film quando le domanda:

"Sua sorella venne qui perché temeva i militari e voi ve ne andaste dall'Argentina perché suo marito aveva paura della democrazia?".

"Qualcosa del genere, anche se con certezza non venni mai a sapere le ragioni di Helga. Paura. Paura sì che ne aveva, e la repulsione che provava per Bobby a volte più che repulsione sembrava paura."

"Sua sorella le aveva mai parlato di Rocco? Un professore di altri tempi?"

"Aveva avuto un flirt con lui. La differenza di età tra noi non era tanta e ricordo quanto fosse colpito quell'uomo da mia sorella. Magari fosse rimasta con lui. Avrebbe avuto una vita normale."

"E adesso le due sorelline andrebbero insieme a farsi massaggiare all'Instituto di bellezza Nefer. Non ha visto Rocco, ultimamente? Può darsi che l'abbiano ammazzato. È scomparso."

Ognuno sostenne lo sguardo dell'altro, ma lei nascose di nuovo gli occhi quando Carvalho la sorprese con un'altra domanda:

"Chi era il padre del ragazzo di Helga?".

17.

Devo mangiarmi questo fico d'India?

Pepita di Calahorra non ha abbastanza collo per gettare la testa all'indietro ed esprimere nella giusta misura l'effetto prodotto in lei dalle spiritosaggini di Aquiles. "Che uomo!" esclama, o "quest'uomo!". Condivide la sua gioia Biscuter, seminascosto dietro il bicchiere troppo lungo pieno di Ron Collins. "Occhio!" insiste Biscuter. "Ron Collins!, non Tom Collins." Il ciccione gli strizza un occhio.

"Tu sì che sai bere, pibe."

È stato allora che Pepita di Calahorra ha domandato ad Aquiles:

"Com'è riuscito a mettere su tanti chili senza lasciarci la pelle?".

"Quando ero pibe anch'io ero mingherlino mingherlino, e mia nonna non la smetteva di darmi da mangiare."

"E così fino adesso?"

"C'è che mia nonna è ancora viva e tutte le mattine mi pesa, e povero me se calo di mezzo chilo."

Pepita di Calahorra si sbellicava dalle risate e Biscuter contribuiva alla baldoria, che divertente!, quanto *esprit*!

Piangeva la Pepita e piangeva anche Aquiles, che dalle lacrime passò alla nostalgia dopo aver fatto una passeggiata visiva su tutto quel che restava della Dolce Vita.

"Quando penso a me stesso in questo locale, quarant'anni fa, e a te, Pepita, giovane sciantosa, quasi una bambina, tutta svolazzante mentre cantavi *Volare*. Io, ero io a chiudere i locali di Barcellona tutte le notti."

"Come no, e io quelli di Andorra" intervenne Biscuter senza riuscire a sviare il fiume evocativo del ciccione biancovestito.

"Sono i migliori anni della vita, quelli che ti permettono di essere irresponsabile, matto, se si vuole. E per questo, ogni volta che torno a Barcellona torno pure alla Dolce Vita e mi rattristo come dice il poeta perché queste rovine, ah, dolore!, che ora vediamo, sono le rovine del più famoso cabaret di Barcellona. Se avessimo occhi magici, tra le ombre dei quattro angoli di questo locale vedremmo i volti di tutti coloro che qui sono stati felici. Ricordo una ragazza, una compatriota, una bellezza argentina che era stata molto pubblicizzata a Buenos Aires per fare la parte di Emmanuelle, la Emmanuelle argentina. È qui che la vidi, su quella pedana davanti ai nostri occhi. Dieci anni fa? Otto?"

"Dieci annetti, sicuro."

Pepita sostenne il ricordo di Aquiles e precipitò il suo insediamento nella malinconia.

"Dieci anni ormai!"

Alzò il bicchiere e forzò un brindisi con Biscuter, assecondato da Pepita. Poi prese una mano di Pepita e gliela baciò, ma senza lasciarla andare, mettendo il luccichio di promettenti malizie nei suoi occhi.

"Mi restituisca la mano. Non se la mangi come se fosse fatta di salsicciotti, lei mangia tutto quello che riesce a trovare."

Aquiles canticchiò:

> Devo mangiarmi questo fico d'India
> devo mangiarmi questo fico d'India

devo mangiarmi questo fico d'India
anche se ci rimetto la mano.

Pepita di Calahorra ritirò la mano, fintamente seccata.
"Non sia volgare. So cosa vuole dire 'fico d'India'."
"Me lo mangerei con tutte le spine. *Carpe diem!*"
"Ma quanto è colto il mio cannibale."
"*Longa est vita si plena est.*"
"*Primum vivere, deinde philosophari*" intervenne Biscuter spezzando il filo dell'incantata bava che cominciava a unire il ciccione all'ex stella della canzone.
"A proposito, don Aquiles, vorrei che lei parlasse ancora di quella donna che ha ricordato, della Emmanuelle argentina, anche se sarebbe più giusto chiamarla Helga Muchnik, il suo vero cognome, o Singer, quello d'arte."
"Curioso, mio caro Plegamans, che lei sappia tante cose della mia compatriota."
"Non a sufficienza, e già che l'ha menzionata, vorrei che mi comunicasse quanto sa sulla persona in questione."
Aquiles fece spallucce. Poteva aggiungere poco a quanto già era stato detto. Era forse successo qualcosa di recente che avesse a che vedere con Helga?
"È possibile" sentenziò enigmaticamente Biscuter mentre avvertiva Pepita di essergli complice. Aquiles cominciava a farsi strada tra la boscaglia della sua memoria.
"Adesso ricordo che Emmanuelle, be', o come si chiama, io l'ho sempre chiamata Emmanuelle, usciva con un barbuto, uno di quei professori argentini con barba e capelli lunghi, capelli lunghi che si legava con una fettuccia per farsi il codino. Uno spettacolo. Gli uomini con il codino me lo fanno venire moscio, mi perdoni l'espressione, signora Pepita. Be', quel professore si chiamava Roque, credo."
"Rocco" corresse Biscuter, suscitando di nuovo l'ammirazione del ciccione. Aquiles chiese un altro giro di Ron

Collins alla proprietaria, cameriera e signora delle pulizie della Dolce Vita, Pepita di Calahorra, ma questa volta Biscuter si rifiutò di accettare e Pepita recitò la parte della donna nauseata, sul punto di svenire. Aquiles tirò fuori dalla tasca cinque biglietti da diecimila pesetas e le brandì esprimendo il dubbio che bastassero per pagare le consumazioni. La cantante di Calahorra gliene strappò di mano due e si mostrò generosa.

"Se manca qualcosa, offre la casa."

Il ciccione rifiutò l'offerta e lanciò un altro biglietto da diecimila sul tavolino di marmo scheggiato, che non arrivò a destinazione, perché Pepita lo prese al volo. Adesso le dita di Aquiles si erano riempite di biglietti da visita.

"Me ne vado, ma sono intrigato dalla sorte toccata a Helga e al tizio con il codino. Se venite a sapere qualcosa, potete trovarmi all'Hotel Juan Carlos."

Baciò diverse volte la mano dell'anfitriona, agitò Biscuter in seno a un abbraccio da frullatore, dedicò uno sguardo di malinconico congedo alla Dolce Vita e uscì con una mano occupata ad asciugarsi le lacrime che gli si accumulavano negli occhi. Anche Pepita di Calahorra era triste e accolse tra i seni la testolina di Biscuter, ma la allontanò bruscamente tenendola tra le mani e guardandolo fisso come se fosse il teschio di Yorick.

"Una cosa è accoglierti nel mio seno e un'altra che tu ne voglia approfittare, non sono fatta di pietra. Hai sfregato il naso contro le mie tette."

Biscuter non capì l'intimazione, ma Pepita si era già alzata e lo trainava verso il soppalco in altri tempi destinato alla direzione del locale e adesso penultimo rifugio dei gatti. Una volta lì, su un canapè stile impero con la tappezzeria pisciata dai gatti e mangiata dai topi, Pepita spogliò Biscuter a manate canticchiando: "Devo mangiarmi questo fico d'India, devo mangiarmi questo fico d'India...". Il socio di Carvalho rimase privo di capacità di risposta e quasi senza transizione

si vide occupare il fico d'India e montare sui tre lo
Pepita sbracata, anche se non si era tolta un reggisenc
to alla maniera di un criss-cross sufficientemente mag
contenere molta, troppa quantità di tette cadute. Biscuter cieco, dato che aveva chiuso gli occhietti per non aver paura di tanta abbondanza, si prestò allo scuotimento sessuale della veterana cantante melodica cadendo infine esausto sui suoi seni, ormai alleggeriti del reggiseno-armadio. Cercò di circondare con le braccia la donna compiaciuta, ma non ne aveva abbastanza per comprenderla tutta.

"Ma quanto ti piace il fico d'India, la fichetta, Papitu."

"Non essere volgare. Sto pensando, e non è con il fico d'India che si pensa."

"E del resto, che mi dici? Buon sangue non mente. Non sei precisamente un atleta sessuale giapponese, ma con i tuoi anni e la tua misura non è andata male."

"Mi chiamavano lo scopatore delle Pampas."

"Spopolate come sono le Pampas, non è un gran merito, ma alla mia età, a scopata regalata non si guarda in bocca. A cosa pensava il mio scopatore delle Pampas?"

L'intera morfologia del viso di Biscuter induceva a leggervi un'espressione di perspicacia.

"Pensavo al ciccione. Troppe coincidenze. Ritrova il locale della gioventù e la memoria. La memoria di Helga, persino di Rocco. Tu sei mai arrivata a conoscere Rocco?"

A Pepita non piace l'argomento della conversazione, tenta disperatamente di corrugare la pelle del viso tesa da un lifting spietato.

"Ah!" sospirò. "Voi uomini non capite mai quando dire o non dire qualcosa. Credi che sia il momento di fare lo Sherlock Holmes?"

Biscuter le raccontò dell'intromissione di Rocco nell'ufficio di Carvalho e delle cattive maniere di cui aveva fatto sfoggio, ma non ottenne risposta, se non l'inquietudine sempre maggiore della cantante di Calahorra, rivestitasi con calma, desiderosa che il suo amante di un giorno se ne andasse da dove era venuto.

"È curioso, Pepita, ma l'altro giorno mi sono trovato davanti alla porta il ciccione vestito di bianco e adesso tu mi dai appuntamento alla Dolce Vita, non so a quale scopo, dove ritrovo quell'ippopotamo sentimentale. Cosa sta succedendo, Pepita?"

La voce di Pepita di Calahorra diventò aggressiva.

"Per prudenza, non cacciare il naso negli affari che non ti riguardano."

18.

Il ciccione spiega la sua filosofia della storia

"State zitti e lasciatemi parlare. Fino a ventiquattr'ore fa avevamo il controllo della situazione e d'un tratto tutto è andato a farsi benedire, addirittura ci mancano dei cadaveri. Dov'è Rocco? Dov'è il corpo di Rocco? Secondo il Questore, che ha avuto la cortesia di ricevermi, l'ispettore che conduce il caso considera per il momento imprescindibile occultare notizia e cadavere. Il Questore capisce quanto sia imbarazzante la faccenda, quanto siano complicate le sue radici, e farà il possibile per non tornare al passato e resuscitare i tempi della cooperazione antidemocratica" e ripeté più volte la parola antidemocratica. "Il Questore è un democratico convinto e non vorrebbe che il governo di centrodestra," ripeté più volte la parola centrodestra, "presenti la minima macchia di complicità con trame ultrà, né nel presente né nel passato, quando molti di coloro che ora sono di centrodestra facevano scuola, semplicemente delle destre predemocratiche."

Ripeté diverse volte anche la parola predemocratiche.

"Questo tizio è un cretino. So io dove gliela metterei, questa democrazia."

Aveva parlato quello che evidentemente comandava nel tandem Osorio & Olavarría, taciturno il cognato di Helga e collerico Osorio. Il ciccione fece spallucce e rimase in attesa che il suo interlocutore aprisse bocca. Osorio & Olavarría rimasero muti.

"Ho fatto come mi aveva ordinato lei, colonnello. Il capitano Doreste mi aveva detto: 'Prendi un aereo, piazzati a Barcellona e risolvi il problema che affligge il colonnello Osorio'. Peccato che voi abbiate perso il controllo di Rocco e che abbia avuto il tempo di mettere in moto la sua ex e quel detective, ma del detective non si deve preoccupare, lui vedrà e saprà soltanto quello che vorremo fargli vedere e sapere, sempre che l'ispettore che conduce l'inchiesta non faccia il furbo o il costituzionalista. Quel detective privato ha un aiutante privato da film, da film comico."

"Bisogna consegnargli l'assassino. Ce l'abbiamo, no?"

Il ciccione assentì, ma corresse il gesto risolutivo del colonnello Osorio.

"Bisogna lasciare che l'ispettore Lifante, questo è il nome di chi conduce il caso, scopra per conto suo chi è l'assassino di Helga e per giunta gli attribuisca anche quello di Rocco. Non sono la stessa persona, sarebbe stato impossibile convincere chi ha ucciso Helga, ma quando avrà confessato, riusciremo a incastrarlo per tutto il resto. Per mezzo milione di pesetas quel disgraziato è capace di far fuori sua madre."

Osorio non era tranquillo.

"Non so, non so. Voi siete abituati a muovervi a Buenos Aires e siete i migliori nel vostro campo, Doreste è un genio e pure lei lo è, ma qui la faccenda è diversa. Qui si è perso il legame tra polizia e gruppi parapoliziali. Il fatto non deve essere fiutato dalla stampa, altrimenti cominceranno a scoprire gli altarini."

"Ogni giorno c'è un barbone morto e qualsiasi polizia del mondo non spende manco venti pesos per scoprire chi è stato."

Il ciccione se ne va, ma si volta sulla porta. Indica Olavarría.

"Osorio, controlli il suo socio, ha già fatto un sacco di sciocchezze, di tutto il resto mi preoccupo io."

Uscì in strada e camminò verso Galerías Condal, dove c'era un negozio di prodotti argentini. Comprò dei giornali arretrati, riviste di gossip, una scatoletta di dulce de leche che pensava di mangiarsi a cucchiaiate una volta in albergo, e ormai sul Paseo de Gracia acquistò qualche quotidiano della città e, dove il Paseo de Gracia incontra Consejo de Ciento, ebbe occhi per spartire una colazione nel Tapa-Tapa insieme alla notizia del ritrovamento del cadavere di Rocco.

"Figli di puttana. Sono dei pivelli."

Prese il primo taxi che gli passò davanti e si fece portare verso l'incrocio di Conde del Asalto e Peracamps. Il tassista apparteneva alla razza degli autisti adepti del monologo.

"Io questo quartiere lo conoscevo a memoria, eppure è complicato eccome, ma adesso ogni giorno che passa buttano giù un isolato, aprono una strada e la gente continua a essere la stessa, gli stessi avanzi sopravvissuti agli angoli. Le vecchie puttane non sanno più dove appoggiare il culo. Gli hanno tolto le facciate posteriori e adesso passano ore e ore a reggersi su una zampetta e poi sull'altra. Si sono fatte venire le vene varicose. Le vedo quasi dalla macchina le varici, quando passo per qualche corsa."

"Tempo, tempo, tempo!" commentò il ciccione malinconico. Compensò con una buona mancia l'oratoria del tassista e, dondolando sui piccoli piedi, si addentrò in quel che rimaneva di calle de las Tapias in cerca della Dolce Vita. Pepita di Calahorra stava dando da mangiare teste di sardine bollite ai dodici gatti del locale e s'irrigidì vedendo affacciarsi alla porta il volto da neonato gonfio del ciccione.

"Di nuovo qui? Non eravamo d'accordo di vederci il meno possibile?"

"Se sono qui è perché ce n'è bisogno."

Il ciccione si avvicinò alla ex stella della canzone melodica e lei fece un passo indietro.

"Tu non mi dai un'altra sberla."

"E chi parla di sberle? Vengo a controllare se hai imparato la lezione, nel caso venga la polizia a farti qualche domanda."

"La polizia?"

"La polizia. Tu hai tenuto nascosto Rocco Cavalcanti dietro richiesta di Helga Muchnik?"

Pepita pensò, tirò fuori la puntina della linguetta lilla tra le labbra e recitò:

"Per un'amica avrei fatto questo e molto di più. In fin dei conti non si nascondeva dalla polizia".

"Bene. Fino a quando è rimasto qui, in questo locale?"

"Finché se l'è venuto a prendere Cayetano, il barbone mezzo accoppiato con Helga. Se ne sono andati via insieme e chi s'è visto s'è visto. Se l'è filata alla francese."

"Questo del filarsela alla francese l'hai aggiunto tu."

"In Spagna si dice andarsene alla francese quando qualcuno lo fa senza salutare."

Il ciccione allungò un dito che sembrava la canna di una pistola e lo puntò su Pepita.

"Hanno trovato il cadavere di Rocco e contiamo su di te, tu continua a ripetere questa storia a pappagallo, soprattutto il particolare che Cayetano era venuto a prenderlo, d'accordo?"

Pepita era terrorizzata.

"Morto? Chi l'ha ucciso?"

"Tu che cosa ne pensi?"

"Tu?"

Il ciccione inspirò aria come se accumulasse pazienza, ma all'improvviso, con una disinvoltura gestuale impropria dello spazio che occupava nel mondo, assestò un pugno contro il terzo stomaco di Pepita di Calahorra.

"Cretina! Ma quanto sei cretina! Chi ha potuto uccidere Rocco se è andato via con Cayetano?"

"Cayetano."

La donna stava per scoppiare in lacrime e il ciccione le infilò nella scollatura cinque biglietti da diecimila pesetas che tirò fuori dalla tasca destra della giacca, come se la tenesse sempre piena di soldi. Pepita estrasse le banconote dal nascondiglio e, mentre le contava, la manona di Aquiles, simile a una pianta carnivora, le inghiottì un polso, e la bocca cloaca del ciccione si avvicinò alla donna per ribadire le ultime consegne.

"Comportati bene e lo farò anch'io. Dove muoiono in due, possono morire anche in tre."

Questa volta il tassista era muto e Aquiles poté rigenerarsi nella contemplazione dei paesaggi della Barcellona aperta sul mare, quella città che lui aveva visitato negli anni quaranta come cadetto della Marina argentina, una scuola di valore e cultura militare che lo aveva segnato per tutta la vita. La Spagna degli anni quaranta era come la Romania, pensò il ciccione; peggio, come l'Albania. I cadetti gettavano scatolette di carne in conserva sui moli e la gente si buttava a terra per procurarsi quei tesori.

"L'Argentina tornerà a essere la madre vacca e sorgerà una nuova argentinità!"

Il tassista non condivise il suo entusiasmo e si limitò a lasciarlo all'inizio dell'avenida Don Juan de Borbón, di fronte al Club de Natación, davanti alla scogliera. Aspettò che l'auto si fosse allontanata per incamminarsi verso un magazzino sigillato da porte di metallo ondulato e diede sei calci alla lamiera. Poco dopo i sei calci gli vennero restituiti dall'interno e la porta cominciò ad alzarsi per rivelare l'abbandono cavernoso di un deposito. Alle spalle del ciccione la cortina di ferro scese di nuovo e il portiere muto accese una torcia per fargli strada segnalandogli a monosillabi i tranelli che avrebbe incontrato con i piedi. Salirono lungo una scala di metallo fino al primo piano del capannone. Lì invece era illuminato, quanto bastava perché il ciccione contasse sei omacciomi corpulenti che lo aspettavano. Indicò Pascualet.

“Tu cosa fai qui? Vuoi incasinare tutto? Sei appena uscito dalla Questura e te ne torni all’ovile. Coglione. Vai in vacanza. Vattene per un bel po’ a Madrid a bastonare negri o pollastri, froci, tanto per capirci. Voi cinque, seguitemi.”

Pascualet rimase scartato ma non rassegnato, gesticolante, furioso. Il buon pastore non gli fece caso e parlò alle sue pecorelle.

“Bisogna mettere un bel po’ di paura. Non è possibile una civiltà senza paura. Un bel po’ di paura a un annusapatte e qualcosa di più di un po’ di paura a una professoressa sovversiva che non merita di vivere.”

19.

Vittime dell'alcol o della metafisica

Appena Gualterio disse "sto per aprirti il mio cuore, Plegamans", Biscuter capì che in realtà stava per aprirgli il cuore, e non lo sorprese il fatto che l'agente artistico si slacciasse la camicia e gli mostrasse il torace pieno di strane cicatrici.

"Ti avevo detto che quella donna è stata la rovina della mia vita ed ecco la prova. Era passato quasi un anno, forse un anno e mezzo, dall'ultima volta che si era trascinata fin qui in cerca di un lavoretto, quando entrarono nell'ufficio due o tre bulli ordinandomi di dirgli dove si trovava. Io non lo sapevo. Non mi credettero. Mi bruciarono il petto con le sigarette e poi con la fiamma ossidrica. Alla fine si convinsero che non sapevo nulla e mi lasciarono stare, così fottuto, così mal ridotto, così una merda, Plegamans, che me ne tornai ad Andorra per nascondermi da qualche parte, finché intervenirono diversi psichiatri per tirarmi fuori dalla depressione."

E dato che Gualterio taceva, Biscuter insistette: "Questo è tutto?". "Questo è tutto" confermò l'altro abbassando la testa, chinando persino il corpo sotto il peso dei suoi passati terrori. Biscuter decise che era il momento di indire una riunione di bilancio con Carvalho, secondo un timing che espose telefonicamente al suo socio insonnolito all'altro capo telefonico di Vallvidrera.

"C'è stato il tempo delle indagini eseguite separatamente, adesso bisognerebbe mettere insieme quanto si è scoperto e partire verso nuove direzioni, soprattutto dopo il ritrovamento del cadavere di Rocco. Non lo sapeva, capo? L'hanno appena detto alla radio. Io ascolto la radio da quando finiscono i programmi sportivi fino all'inizio dei programmi sportivi del giorno seguente."

"Dormi solo mentre parlano di sport?"

"No. Al contrario, sono i programmi che mi piacciono di più."

Biscuter fece sedere Carvalho per sottoporgli il bilancio delle sue indagini, ancora aperte e con diverse derivazioni in grado di portarle a risultati sorprendenti.

"Una volta stabilito, capo, che Dorotea Samuelson si è mossa perché Rocco, il suo ex marito, l'aveva fatta muovere, deduco che la Samuelson sappia molto più di quanto ci ha detto e forse si possa sentire in pericolo. Nel mondo dello spettacolo ho trovato tre personaggi che hanno avuto a che vedere con la ragazza che avrebbe potuto essere Emmanuelle. Gualterio, l'agente artistico. Ha cantato nemmeno mezz'ora fa e mi ha detto che aiutare Helga gli è quasi costato la vita. Pepita di Calahorra, la grande stella della canzone melodica e ultima proprietaria della Dolce Vita, che aveva avuto certamente qualcosa a che fare con Helga fino a poco tempo fa e, inoltre, si è vista con un argentino grasso e ricco che ha fatto finta di non sapere nulla chiedendomi innocentemente se conoscevo Helga. Comincia a sbrogliare la matassa, capo? Quella tizia, riposi in pace, Emmanuelle, era più pericolosa dell'Aids, e bastava sfiorarla per rimanere fregati. D'altra parte, qui si è riempito di argentini che sanno tutto su Helga Muchnik. Lei che ha tutt'altro aspetto, così diverso da me, dovrebbe sorprendere la Samuelson all'università mentre fa lezione. Così non avrebbe scappatoie."

Carvalho, irritato dall'eccesso d'iniziative di Biscuter, esitò tra andare alla Boquería a comprare il necessario per cucinare qualcosa e complicare il sistema di segnali del semiologo Lifante. Alla Boquería acquistò una coscia di capretto per arrostirla alla medievale, come spiegato in una ricetta che non sapeva bene dove fosse finita, ma gli bastava la coscia del povero animale, un po' di strutto, sale e arance amare, soprattutto le arance amare.

"Non troverà un'arancia amara in tutta la Boquería. A volte ne arriva qualche partita per fare le marmellate."

Un piccolo vecchio, un sorridente sacerdote vestito con il clergyman che aveva appena comprato mezzo chilo di lychees freschi, gli suggerì:

"Perché non va nel cortile degli aranci della presidenza della Generalitat? È pieno di aranci selvatici".

"Arrivo, faccio chiamare il presidente Pujol e chiedo delle arance."

"Più o meno. L'accompagno io."

Era sulla strada per la Questura e durante il percorso don Piqueras gli fece un riassunto religiosamente corretto sull'uso dei beni di questo mondo, che sono di tutti e non sono di nessuno. Ormai in plaza Sant Jaume il prete abbordò i vigili che facevano la guardia.

"Sono don Piqueras e sono stato cappellano dell'onorevolissimo Jordi Pujol. Cosa dovrei fare per ottenere qualche arancia selvatica del cortile?"

La guardia non batté ciglio e si mise in contatto con un superiore mediante il transistor manuale. Non avendo ricevuto un no, ma nemmeno un sì, Carvalho concesse a se stesso, al prete e all'amministrazione dell'Autonomia cinque minuti per passare a un'altra fase della propria vita. Quattro. Gliene bastarono quattro: una guardia uscì dalle profondità del potere per consegnargli una mezza dozzina di arance selvatiche infilate in un sacchetto di plastica dei magazzini del

Corte Inglés. Carvalho non sapeva come interpretare il sorriso topesco del prete né come ringraziarlo del suo intervento.

"Non si preoccupi. A me Pujol non può rifiutare niente. Sono stato il suo confessore. La saluto, che Dio la benedica."

Carvalho si incamminò con le sue arance e la sua coscia di capretto verso la Questura, con inquietudine, temendo che la democrazia fosse qualcosa di talmente cazzuto da togliere le arance selvatiche agli dèi per darle agli uomini. Nemmeno Lifante lo fece aspettare troppo a lungo e gli aprì personalmente le porte del suo ufficio.

"Politica di porte aperte."

Uno dei mendicanti che aveva visto durante la prima dose di politica di porte aperte, quello che si era meritato le carezze di Lifante, stava lì, circondato di nuovo da semiologi e in evidenti condizioni di grave anemia. Piagnucolava anche se nessuno gli stava addosso. Sembrava in pieno esercizio di interpretazione meccanica, controllo e mancanza di controllo. Lifante guardò il detenuto come se fosse un animale da laboratorio.

"Hai già finito?"

"C'è che non so, non so. Io non ho più visto la Palita con Rocco. Lei mi aveva proibito di adoperare alcuni nostri rifugi fino a nuovo avviso, questo è tutto."

"Usciamo a farci una passeggiata, Cayetano. Ci facciamo un giretto che ti piacerà. Visiteremo tutti i nascondigli che avevi messo a disposizione di Rocco prima di ucciderlo."

"Ma io non l'ho ucciso, signor ispettore. Vorrei che lei mi credesse. Vuole che le dica un segreto che non ho mai detto a nessuno?"

Gli aiutanti di Lifante si sentivano a disagio per via della presenza di Carvalho e chiesero al capo di sistemare la faccenda. Lifante inarcò le sopracciglia, incrociò le braccia, si appoggiò prima sui talloni e poi sulla punta dei piedi ed espresse il suo senso della logica della situazione.

"Parlo con lei, signor Carvalho. Logica della situazione. Un sospettato è sul punto di fare una rivelazione o ciò che considera tale in presenza di funzionari della Questura e di un poliziotto privato ancien régime. Logicamente, i miei aiutanti, personale molto competente, si sentono a disagio davanti all'intruso."

"È che qui ormai chiunque può entrare in un commissariato, o in questa Questura, e passeggiarci come fosse casa propria, e questa non è la metropolitana, Lifante. Inoltre, questo tizio si porta dietro un sacchetto con la spesa e nessuno l'ha perquisito" brontolò Celso Cifuentes.

Lifante si sfregava le mani per la contentezza, e con quelle stesse mani si impadronì del sacchetto allungatogli da Carvalho.

"Vediamo. Coscia di agnello. Scriva, Cifuentes."

"Ma che cazzata."

"Non è agnello, è capretto" corresse Carvalho, ma ormai Lifante aveva in mano lo strutto e un'arancia.

"Le arance sono di Pujol" lo avvertì Carvalho.

Lifante rimise tutto nel sacchetto. L'arrabbiatura era generale e Lifante, consapevole di non essere riuscito a padroneggiare la situazione introducendo un correlativo oggettivo di segnali distanziatori, iniziò a gridare contro Cayetano.

"Coglione di merda! Non stavi per raccontare non so che cazzo? Non stavi per confessare di aver ucciso tu Palita e quel Rocco Cavalcanti?"

Cayetano capiva che il contenuto del sacchetto di plastica era stato la metafora di qualcosa d'incomprensibile per lui e che era tornato a essere il più miserabile e fragile dei centri dell'universo.

"Le posso raccontare qualcosa che Palita mi ha rivelato come uno dei segreti più tremendi della sua vita. La Palita aveva avuto un figlio. Lei sa chi era il padre?"

"Antonio Banderas" suggerì Rodríguez, l'ultrà macrobiotico specializzato in pusher di droghe sintetiche e picchiatori.

Lifante chiese di prestare particolare attenzione alle rivelazioni di Cayetano.

"Il padre del figlio di Palita era lo stesso cognato, un tale Olavarría, sposato con sua sorella."

"Il famoso secondo fronte" sentenziò Lifante.

"Questo tizio crede che sono un imbecille e che sto per aprirmi un secondo fronte con il cognato."

Ma Cayetano era tranquillo. Si dedicò a mandare a Carvalho una serie di smorfie di conferma su quanto aveva detto, mentre Lifante riassumeva la logica della situazione.

"Dove ho letto che i perdenti sono vittime dell'alcol o della metafisica?"

20.

Questo l'ho già visto in qualche film comico

Carvalho contemplava il grattacielo di uffici che cercava di tener fede ai propri impegni e grattare il cielo.

L'intero settimo piano era occupato da Osorio & Olavarría Consulting. Si infilò nell'atrio della reception, che aveva una magnificenza da tempio di setta ricca. Agli occhi prepotenti dei portieri divenne sospettato di qualsiasi cosa.

"Il signor Olavarría?"

Quel portiere aveva l'aria di ricevere ottime mance da Olavarría, forse persino i vestiti usati. Non lo voleva sentire.

"Ditegli che è da parte del padrino del suo figlio segreto."

"Senta amico, se è in cerca di guai li troverà di sicuro" disse l'altro aprendosi leggermente il giubbino per mostrare la pistola.

"Io la porto sotto l'ascella. Credo che Dio, nella sua infinita saggezza, ci abbia fornito di ascelle perché ci potessimo portare le pistole. Altrimenti a cosa servono le ascelle? È una delle zone del corpo più cretine e a volte compromettenti, soprattutto per quelle donne che rifiutano di depilarsele. Dite al signor Olavarría esattamente quello che ho detto e aspettate la reazione. Limitatevi a fare i portieri."

Con la voce asfissiata dal rispetto per quello che diceva, badando a non essere udito da nessuno, uno dei portieri comunicò con l'inquilino, guardò molto preoccupato il suo compagno di portineria e annuì.

Il signor Olavarría esitò sull'immagine da presentare e infine optò per quella del giocatore di golf da ufficio high standing. Il pavimento riproduceva il green di un campo da golf con la relativa buca, come se fosse il buco del culo della natura libera. Nel viso di Olavarría si notavano segni di inquietudine, sembrava avere un occhio più grande o più aperto dell'altro e aveva fatto in modo che l'ingresso di Carvalho coincidesse con la discesa delle braccia che stanno per tirare il colpo definitivo.

"Questo l'ho già visto in qualche film, comico naturalmente, credo di Jerry Lewis."

"A cosa si riferisce?"

Carvalho gli indicò il green nell'ufficio.

"Una volta, un mio amico aveva nel suo ufficio un fiume navigabile, la sorgente di un fiume navigabile."

Olavarría aveva cominciato a sudare e gli si staccò il parrucchino dalle tempie, parrucchino fino a quel momento non notato da Carvalho.

"Il portiere mi ha detto qualcosa di assai stravagante."

"Lo è. Non si può parlare di incesto, perché tra cognati non c'è consanguineità, ma lei è il padre del figlio di Helga e, a quanto mi risulta, ha ottenuto questa paternità mediante uno stupro."

"Esistono gli stupri?"

"Immagino Helga e conosco lei. Può solo essere stato uno stupro."

"Quanto vuole? Non è ora di finirla con i ricatti?"

"Helga la ricattava?"

"Helga non mi ha mai ricattato. Non l'avevo più rivista da quando se n'era andata di casa. Ignoravo che fosse incinta, e pure lei, suppongo. Fu una notte sciocca. Una notte sciocca può capitare a chiunque. Avevo bevuto, Gilda non era a casa e Helga era depressa. Anche lei aveva bevuto. Io sono un uomo solitamente moderato."

"Represso."

"Helga mi irritava."

"Perché l'eccitava. Se non era Helga a ricattarla, chi poteva essere? Al punto da accettare che il figlio vivesse con voi?"

"Quando accettai, non sapevo che fosse mio figlio. Sembra una telenovela venezuelana, amico, ma è la verità. Poi capii che mia moglie aveva approfittato dell'occasione per mettermi in casa una cognata, memento del peccato che avevo commesso contro di lei. Mia moglie mi odia."

"Capita spesso."

"Nemmeno oggi ho la certezza che sia mio figlio. Ma un anno fa venni abbordato per strada da un mendicante, un barbone, e cercai di levarmelo di torno come meglio potei. In realtà non ci riuscii. Mi si incollò dietro e mi disse che conosceva la mia storia con una certa Palita, che avrebbe potuto essere Emmanuelle, che avevamo un figlio e che questo figlio viveva con me, uno scandalo in più nella Spagna degli scandali. Io ho la mia vita privata. Non sono un politico che oggi cade e domani si rialza. Godo di un certo credito come consulente di imprese. È tutto quello che ho."

"E allora diede l'ordine di uccidere Helga."

Olavarría era sconcertato.

"Uccidere? Chi parla di uccidere?"

La narrazione di Olavarría si interruppe bruscamente. La porta dell'ufficio si aprì ed eccolo lì, Lifante, dedito allo studio dei segnali emessi da Carvalho e Olavarría. Carvalho si accinse a studiare a sua volta il sistema di segnali emesso dall'ispettore e Olavarría balbettò qualcosa che sembrava una richiesta di spiegazioni, qualcosa come non si entra senza bussare, ma era più un lamento che un'aggressione, inascoltato da Lifante, che infine aveva trovato l'accesso a un discorso verosimile e condivisibile con Carvalho.

"Barcellona è un villaggio. Dovunque vado la incontro. Appaiono sempre gli stessi personaggi."

“Barcellona non ha colpe. Di fatto, Lifante, stiamo vivendo una telenovela e nelle telenovelas i personaggi sono sempre gli stessi.”

Lifante gli dedicò uno sguardo indifferente e si voltò verso Olavarría.

“Roberto Olavarría, la prego di seguirmi in commissariato. Dobbiamo considerare alcuni aspetti del suo rapporto con Helga Muchnik. È solo un invito.”

Olavarría guardava Lifante senza paura; invece, ogni volta che il suo sguardo incontrava quello di Carvalho, tentennava e finiva per sviarlo. Premette il tasto del dittafono e diede un ordine alla sua segretaria:

“Chiami con urgenza il mio socio, Jacobo Osorio, e Jacinto Ros. Ho bisogno di loro in ufficio”.

Il nome di Jacobo Osorio era sembrato poco trascendente, ma quello di Jacinto Ros aveva messo sul chi vive Lifante e Olavarría volle metterlo sul chi vive ancora un po’.

“Proprio Jacinto Ros, il famoso avvocato. È nostro consulente e ritengo opportuno che mi assista in questo frangente.”

“Le ho detto che si tratta di una semplice formalità.”

Carvalho intervenne in veste di mediatore.

“Credo, Lifante, che il suo sistema di segnali abbia fallito. Persino quando lei ha detto con la migliore delle intenzioni enunciative: ‘Roberto Olavarría, la prego di seguirmi in commissariato’, sembrava un arresto in piena regola.”

L’ispettore non ebbe il tempo di ricomporre il suo sistema di segnali perché nell’ufficio fecero irruzione i due convocati e uno era evidentemente avvocato, circondato da un’aura imponente quanto la più imponente delle toghe e con un cipiglio specialmente rivolto agli intrusi, senza che Jacinto Ros, l’avvocato ariete, sapesse se rivolgerlo a Carvalho o a Lifante e al suo accompagnatore. Non dedicò la minima attenzione agli sconosciuti, però si avvicinò a Olavarría e gli mise le mani sulle spalle.

"Che succede, Bobby?"

"Mi è stato ordinato di andare in commissariato."

"Chi?"

Fu Lifante ad autodenunciarsi.

"Non ho detto esattamente questo."

"Che cosa ha detto esattamente?" domandò Osorio, facendo da cassa di risonanza per Ros.

"L'ho pregato di seguirmi in commissariato."

"Per una sfilata di modelli di divise della polizia? Arrestato? In stato di fermo? Andiamo in commissariato, come dice lei."

Lifante ha composto un mezzo sorriso e volta la schiena e sembra essere la sua schiena ad avvisare:

"Riceverete un regolare mandato di comparizione".

Mentre lo sguardo dell'onnipotente Jacinto Ros espelle pure lui, Carvalho segue i passi di Lifante e del suo accompagnatore muto. Li sente parlare tra di loro.

"Io gli avrei mollato un calcio nelle palle. Non mi sarei lasciato trattare così da un buono a nulla."

"Non è un buono a nulla. Quel tizio dà del tu a tutte le autorità, e qualcuna di loro gli dà del lei. Quel che non sa Jacinto Ros in questa città non lo sa nessun altro. Tiene per le palle buona parte dei potenti della politica, soprattutto quelli che si sono cacciati in affari sporchi, ammesso che esistano affari puliti. Io non sono irritato, Celso. Al contrario. Mi ha dato soddisfazione costringerli a comportarsi con prepotenza, perché lo sfoggio di prepotenza sempre, sempre, Celso, non dimenticarlo, nasconde insicurezza e torna indietro come un boomerang."

"D'accordo, ma io non mi lascio trattare così nemmeno da mio padre."

A quel punto Carvalho supera la coppia ricevendo un'occhiata di Lifante simile a un colpo d'ascia.

"Ho letto che avete trovato Rocco. Per quanto tempo avete tenuta nascosta l'informazione? A vantaggio di chi?"

Lifante si rivolge a Celso Cifuentes e gli ordina:

"Di' un paio di cose a questo annusapatte, ma non farti sentire da nessuno".

Lifante prosegue e Celso blocca la strada a Carvalho, arriccia il muso, rimpicciolisce gli occhi, alita sul naso del detective e poi mastica, con voce quasi inudibile:

"Perché non te ne vai affanculo o preferisci che ti cerchi qualcuno disposto a incularti?".

Carvalho si ferma sorpreso ed esclama con voce eccessivamente alta:

"Lei è bisessuale, ispettore Cifuentes?".

21.

Dorotea Samuelson e l'antropologia del terrore

Qualcuno doveva essersi arrampicato sulla porta metallica e saltando giù aveva fatto cadere una pesante giara-feretro di un ficus morto fin dai tempi della guerra Iraq-Iran o forse dall'arrivo dei sandinisti a Managua. Poi non era stato in grado di tirare su il cadavere o non aveva voluto. Cominciava a fare buio e Carvalho tirò fuori la pistola da sotto l'ascella. Andò fino alla porta principale di casa, non era stata forzata, e nemmeno le finestre. O l'intruso se n'era andato o era ancora in giardino. Fu allora che lo raggiunse la voce intimorita e creola di Dorotea Samuelson.

"Carvalho?"

"Sì."

"Non si allarmi. Sono Dorotea Samuelson."

Mise via la pistola, camminò verso la voce e trovò Dorotea, accovacciata e non sola: accanto era rannicchiato Dieste, ancor più acquattato della donna.

"Abbiamo pensato che qui saremmo stati al sicuro. Scusi l'irruzione. Hanno ucciso Rocco."

All'antropologa si spezzò la voce, ma Carvalho non le fece le condoglianze che forse lei si aspettava. Li invitò a seguirlo in casa, che esaminò stanza dopo stanza. Poi chiuse porte e finestre, accese la luce e tolse il sigillo a una bottiglia di Springbank.

"È il miglior whisky che abbia mai avuto. Non il migliore che abbia bevuto, ma di sicuro il migliore che ho avuto. L'ho preso su un aereo privato. Apparteneva a un riccone che volle indire un premio letterario. Prendetelo senza ghiaccio. Uno Springbank di oltre vent'anni con ghiaccio è come un Bordeaux con la gazzosa."

Il pomo di Adamo di Dieste iniziò a fare su e giù pazzamente a mano a mano che ingollava tre sorsi di Springbank alla volta. Dorotea si riempì d'aria e alcol prima di scoppiare in un pianto d'inondazione da fiume triste. "Me l'hanno ucciso. Me l'hanno ucciso." "Non era più tuo, cara" cercava di consolarla Dieste, e Carvalho li lasciava piangere, turbato dall'evidenza che la bottiglia di whisky si sarebbe svuotata prima che facesse notte del tutto. Quando la tragedia stava ormai per consumarsi con Dieste e Dorotea piagnucolosi e consolatori a vicenda, Carvalho prese l'iniziativa.

"Vi siete finiti il mio whisky ed è ora che mi diate qualcosa in cambio. Voglio sapere tutto quello che non so e sapete voi. Che segreto condividevano Helga e Rocco? Perché l'hanno custodito tanto male da farsi ammazzare?"

Se Carvalho si aspettava che fosse Dorotea a iniziare la narrazione, si sbagliava. Fu Dieste ad avvicinarsi a certe luci della ribalta che vedeva soltanto lui: si mise le mani in tasca, si riempì d'aria tutto l'interno del corpo, espirò, guardò verso ovest, poi verso est; gli piaceva di più la parte ovest del soggiorno-sala da pranzo di Carvalho, perché fu lì che alla fine si posò il suo sguardo prima di cominciare a spiegare.

"In realtà, Dorotea sa per sentito dire quello che abbiamo vissuto io, io ed Emmanuelle, e a una certa distanza Rocco. Ricorda che cercavamo di farla diventare una star, e che questo ci imponeva di uscire, fare le ore piccole, andare in certi posti per vedere gli altri ma soprattutto per farsi vedere. Buenos Aires vive tre vite, quattro, e la stessa città con gli scantinati pieni di cadaveri e torturati festeggiava la vittoria nei Mondiali di Calcio o viveva la notte come la si vive solo a Buenos Aires. E a Helga capitò un lavoro, grazie a un certo Olavarría, suo cognato, sì, ma allora non era suo cognato. All'epoca la sorella di Helga non aveva la minima idea che un giorno avrebbe avuto la disgrazia di sposare Olavarría. A Helga già non piaceva essere Emmanuelle, già non le piaceva essere uno schianto. Le sarebbe piaciuto essere una specie di stella del cabaret, come la Rossetto, oggigiorno la migliore nel suo genere, Cecilia Rossetto viene con una certa frequenza in Spagna, a Barcellona. E Helga mi chiese di provare insieme e di accompagnarla perché era un pezzo duro, difficile, molto divertente, ma molto pungente, che le aveva scritto un amico, Rocco, Quino Cavalcanti per la precisione. Strano, no? L'appuntamento era in una villa del Tigre, una bella dimora inglese accanto a un canale, uno dei tanti del Tigre, una casa raggiungibile solo in barca, proprietà del colonnello Osorio, un tizio dell'establishment militare, metà militare metà uomo d'affari, di ottima famiglia. Era piena d'invitati ed era una festa tra le tante, con più alcol e con quello che gli italiani chiamano 'palpo e mano morta', ossia palpeggiamento pesante, che è tutt'altra cosa.

"Fu così che Helga si sgolò recitando, mettendocela tutta, mentre nessuno le prestava attenzione, quei fottuti. Ci dedicammo a festeggiare pure noi, a girare un po' qui un po' là, lei cacciando via i palpeggiatori, ma sempre più carica di punch, un punch che si poteva incendiare con un cerino. E si infilò nella casa, oltre la festa, spinta dall'alcol. E oltre la festa raggiunse gli scantinati che stavano sotto il livello del fiume, scantinati che trasudavano acqua, chiusi da una porta di ferro, con un solo spiraglio, una piccola inferriata con due sbarre. Dentro, a Helga parve di vedere due fagotti umani. C'era puzza di cloroformio, al punto che le bastò affacciare il naso per svenire quasi. 'C'è qualcuno lì dentro?' gridò diverse volte, e uno dei fagotti si mosse e dal fagotto uscì una vocina che chiedeva aiuto, molto debolmente, aiuto. Helga venne a cercarmi di corsa e mi trascinò, ubriaco com'ero, fino allo scantinato, chiedendomi di confermare quello che aveva visto. Uno dei fagotti continuava a restare immobile, ma l'altro strisciava verso le nostre voci e vedevamo la faccia pallida di una ragazza, era spaventata. 'Aiuto' diceva con voce molto molto bassa. 'Sono spagnola. Sono spagnola. Mi hanno sequestrata' continuava a dire. Io consigliai a Palita di andare via, che la faccenda puzzava di militari e che non volevo aver nulla a che fare con quella gente. E me ne andai. Lo ammetto. Persi le palle, non le ho mai più ritrovate, e me ne andai, me ne andai dalla festa, dalla casa, da Buenos Aires. Helga continuò a parlare con quella disgraziata, seppe il suo nome, Noemí Álvarez, di famiglia asturiana. 'Chiami l'ambasciatore di Spagna!' chiedeva la donna. Lei era troppo ubriaca, altrimenti avrebbe agito con più accortezza. Non le viene in mente niente di meglio che andare dal padrone di casa, quello che aveva organizzato la festa, e chiedergli che cosa ci fa nello scantinato una donna mezzo morta. Osorio, Olavarría, i loro amici, la distrassero con non so che cazzo e la invitarono a scendere nello scantinato. I fagotti non c'erano più, ma Helga era rimasta segnata per sempre. Il giorno dopo cercò di raggiungere l'Ambasciata di Spagna e due macchine le bloccarono la strada. Corse a casa di Rocco, si confidò con lui, cercarono di muovere qualche pedina con il risultato di essere seguiti entrambi. Così ebbe inizio la fuga, una fuga finita con un duplice omicidio."

Carvalho registrava quel che sentiva, e nel suo cervello apparivano sagome vuote di personaggi che non quadravano con la storia. Gilda. Gilda Muchnik. Il suo matrimonio precisamente con Olavarría, la costanza dell'unione Osorio & Olavarría quasi vent'anni dopo. Dorotea intuiva il viaggio dell'immaginazione del detective e cercò di fornire al percorso qualche stazione di fermata.

"Alla fine Olavarría patteggiò il silenzio con il terrore e la partenza di Rocco e Helga da Buenos Aires. Per non farsi mancare niente, cercò Gilda e la sposò, giocando molto sporco, minacciando persino di agire contro Helga, e alla caduta dei militari la coppia arrivò in Spagna, portando avanti il ricatto, sempre meno necessario, perché Helga era distrutta e tutto sarebbe andato avanti così, il tempo avrebbe seppellito tutti i cadaveri se non si fosse aperto il caso della persecuzione dei delitti commessi dalla giunta militare argentina contro cittadini spagnoli. A quel punto Rocco disse basta. Disse che era giunto il momento di testimoniare, di ricordare quanto sapevano su quella donna intravista nello scantinato della villa del Tigre, e venne a Barcellona con l'intenzione di convincere Helga a testimoniare; parallelamente presentò la propria testimonianza al giudice che conduce il caso dalla Spagna e Olavarría e Osorio cominciarono a tremare. Due terroristi terrorizzati. Il terrore terrorizzato. Sono convinta che hanno chiesto aiuto alla mafia postmilitare argentina. Sono organizzati, e una mano lava l'altra. Differenti capoccia della tortura e delle desapariciones hanno messo su i loro affari privati di sicurezza e io ho visto qui, in strada, lo stesso giorno in cui ci siamo incontrati, un personaggio funesto, un macellaio che era stato il torturatore di Rosario e che grazie ai suoi meriti era stato promosso a esercitare lo stesso lavoro a Buenos Aires. Ormai sappiamo cosa sono capaci di fare e, dato che lo sappiamo, la nostra vita è in pericolo. Anche la sua, Carvalho. E quella del suo socio."

Carvalho prese il telefono per chiamare Biscuter, ma non c'era linea nell'ufficio delle Ramblas. Sollecitò Dorotea e Dieste a salire in macchina e li portò due strade più in basso, a casa di Fuster. Non era la prima volta che la utilizzava come nascondiglio, e l'amministratore, avvocato e latinista posò la copia di *L'Amant de la Chine du Nord* di Marguerite Duras per accogliere i rifugiati e commentare, molto preoccupato: "Che cosa ho fatto io per essere una persona senza problemi?". Ma Carvalho stava già chiedendo alla macchina di portarlo quanto prima a Barcellona lungo una strada piena di camion lenti e presagi veloci.

22.

La parte più profonda dell'uomo è la pelle

Entra in ufficio pensando, non ci devi entrare, ma è già dentro, inquieto per Biscuter, e quando allunga la mano per accendere la luce, una torcia lo colpisce agli occhi abbagliandolo. Colgono il momento in cui istintivamente si porta un braccio agli occhi per accendere la luce e quando li apre ha davanti a sé il buco di un pistolone, un buco metallico che si avvicina troppo, fino a diventare una pressione di ferro tra le sopracciglia. Con la coda dell'occhio cerca Biscuter. Non è nel suo campo visivo e smette di avere campo visivo quando gli propinano un pugno dietro l'orecchio sinistro, allora si volta in direzione del colpo ma ne riceve un altro dietro l'orecchio destro. Hanno il senso della simmetria. Continuano a mantenerlo. Adesso riceve un pugno con qualcosa di più di un pugno nel rene e un calcio al basso ventre. Si lascia cadere a terra per sfuggire ai colpi e rotola su se stesso per guadagnare spazio e potersi alzare di fronte ai picchiatori. Ce la fa a rotolare, ma i muscoli non gli rispondono quando tenta di sollevarsi appoggiandosi con la mano aperta sul mosaico freddo del pavimento. Non solo non gli ubbidiscono i muscoli, ma un piede gli pesta la mano aperta e dalle labbra gli sfugge un gemito di dolore; fa girare l'altra mano che a sua volta si aggrappa alla gamba che gli tormenta le dita e la costringe a ritirarsi. Gli piovono colpi da tutte le parti e qualcuno gli si siede sopra prima di picchiarlo in testa con un manganello molle o, più che molle, vibratile. Tra le ombre dello stordimento, assiste all'inizio della distruzione sistematica dell'ufficio. I cassetti rovesciati. La scrivania spaccata con un'ascia. Qualcuno che piscia sui contenuti degli archivi e un altro che tenta di gettare dalla finestra il telefono strappato e il fax, ma viene trattenuto.

"Noterebbero che qui sta succedendo qualcosa."

Si accontentano di sfracellare il fax contro la parete e di sviscerare le sue modernità più profonde e indifese, le ombre dei pochi messaggi ricevuti o da ricevere. Sono andati oltre la piccola tenda che separa l'ufficio dal regno di Biscuter e stanno spaccando piatti, pentole, ridendo davanti al contenuto del frigorifero. Adesso rompono le bottiglie. Con la fronte appoggiata sul pavimento, Carvalho pensa prima a cosa fare e poi a cosa non fare. Non può nemmeno sfogarsi con una frase brillante o sarcastica ed è sufficientemente stordito e immobilizzato per non avere nemmeno la risorsa di un atto di difesa testimoniale. Deve tentare qualcosa. È una questione di deontologia del vinto. Fin da bambino ha imparato che quando ti picchiano devi picchiare l'altro, un po', per quanto poco, avvertirlo che la sua forza potrebbe avere un limite, il limite della tua dignità. Soltanto quando è lo Stato a colpire, nella tortura a carico di funzionari dello Stato, non c'è nulla da fare. Ti trovi davanti al monopolio della violenza e i macellai sono sotto una bandiera e ti pestano in nome di Dio e della Patria. Ma persino per un gangster assassino è doveroso fare il tentativo di mollargli un calcio nelle palle, fosse anche l'ultimo calcio della tua vita. Quelli che lo tengono stretto puzzano. Anche gli stivali puzzano, di grasso di cavallo malnutrito. Da una testa vicina gli arriva odore di cipolla mescolato a ketchup e hamburger, senza dubbio comprati al MacAuto e mangiati senza nemmeno scendere dalla moto, con le dita che puzzano di benzina e macchioline tra il verde e il bianco tratte dalle profondità di un naso nero e cereo, pieno di comedoni in rilievo. Bisogna dare un avvertimento almeno a quello che puzza di hamburger, bisogna rispondergli, insegnargli a muoversi nel mondo con altri gusti culinari. Non rimane più nulla da distruggere e si avvicinano altri stivali. All'improvviso accade quello che Carvalho temeva più di tutto. La voce di Biscuter. Dalle scale.

"Cosa succede lì dentro? Chi c'è lì?"

Quella di Biscuter non è manco una voce, è un grido stonato uscito dalla punta di uno sterno che si direbbe scheggiato.

"Uscite con le mani in alto! Questa non è una pistola-giocattolo!"

Gli stivali ora sono fermi. I tizi gesticolano, parlano in modo soffocato, e Carvalho approfitta di un indebolimento della pressione per rigirarsi e afferrare quello che puzza di cipolla per il naso e un labbro. Il movimento di Carvalho insieme alle grida di Biscuter provoca un movimento di fuga verso le scale. Il viso che Carvalho ha uncinato con le dita conferma l'identikit fatto nel suo stato di prostrazione. L'individuo assesta due pugni seri in faccia a Carvalho perché lo lasci andare, ma ora le dita del detective sono riuscite a infilarsi nei suoi occhi, nel suo schifoso naso limaccioso, nel suo labbro quasi pendulo, quasi strappato. Con l'altra mano, quella pestata, Carvalho riesce a stringere malamente un pugno e pesta la tempia destra di Polifemo, il quale ha ormai solo un occhio funzionante, l'altro essendo occupato dalle dita unghiute del detective. L'incipollato ulula di dolore e agita le mani senza centrare Carvalho in faccia. Ma qualcuno lo aiuta e Carvalho riceve un calcio in testa che lo intontisce, e quando ritrova la tensione e l'ira riesce a inginocchiarsi ed è solo, circondato da distruzioni, mentre giù per le scale si allontanano gli stivali ballerini che nella fuga avranno calpestato Biscuter. Gli gira la testa quando si mette in piedi ma raggiunge il pianerottolo in tempo per appoggiarsi alla ringhiera e vedere confusamente gli ultimi talloni degli aggressori in fuga. E Biscuter?

"Capo?"

Si volta per svenire, ma prima di farlo, tira un sospiro di soddisfazione. Eccolo lì, Biscuter, intero, con il suo completo della Sastrería Modelo, il cappello sulle ventitré, una mano in tasca, che scende dal piano di sopra.

"Capo?"

Quando Carvalho si sveglia e, con le immagini che gli giungono a ondate, ricorda l'accaduto, cerca di sollevarsi ma le mani di Biscuter lo costringono a sdraiarsi. Dove? A terra.

"Non è rimasta neanche una sedia, capo. Mi hanno conciato la branda che sembra un'arpa. Non so perché me l'abbiano messa in piedi e quel che rimane sembra un'arpa, e io non ho idea di come si suoni."

"E tu non suonarla e non toccare niente, nemmeno l'arpa, e chiama la polizia. Chiedi di Lifante e spiegagli l'accaduto."

"Lei che chiama la polizia?"

"Voglio che vedano tutto in questo stato. Tu le hai buscate? Ti hanno malmenato?"

"Neanche un ceffone, capo. Li ho visti arrivare."

"Li hai visti arrivare?"

"Per modo di dire. Stavo salendo le scale e ho cominciato a sentire un rumore come da terremoto. La scala non si muoveva. Quindi, non era un terremoto. Sono arrivato alla porta dell'ufficio e ho visto cosa stava succedendo. Lei era a terra in una bruttissima posizione, capo, se devo essere sincero, e i vandali stavano facendo polpa trita del resto. 'Che fai, Biscuter?' mi sono chiesto."

"Dimmi cosa ti sei risposto e chiama Lifante."

"Ho ricordato un suo motto, capo."

"Quale?"

"Il movimento si prova con la fuga. Sono salito al piano di sopra e da lì ho cominciato a gridare ordini autoritari. Mani in alto! Uscite uno alla volta! Hanno cominciato a uscire e a scendere le scale, logico, se invece salivano mi facevano fuori. Ma era calcolato. Se se ne vanno, scenderanno le scale. Elementare, no?"

Lifante arrivò un'ora dopo. Ordinò a un amanuense di

prendere nota dei danni e domandò a Carvalho prima di tutto se fosse assicurato e in secondo luogo se intendesse sporgere denuncia.

"Non pago nemmeno per garantirmi un funerale. Contro chi dovrei presentare denuncia?"

"Non saprei. Contro X."

"Credo che lei lo sappia. Siamo davanti a una derivazione imprevista del caso della barbona Helga Singer o Muchnik. Hanno voluto mettermi paura. Agiscono con una sicurezza sorprendente. Helga. Rocco. Adesso questa roba. Chi sarà il prossimo?"

"Lei arriva a conclusioni solo sue. Quante persone ci sono in questa città che la odiano perché ha ficcato il naso nelle loro vite, perché le ha fatte finire in galera?"

"Io non ho fatto finire nessuno in galera. Questo spetta a voi e ai giudici. I miei colpevoli sono di carta, appartengono al rapporto che consegno ai miei clienti. Non lavoro né per voi né per i giudici."

"Non le piacciamo. Né noi poliziotti né i giudici."

"Conosco pochi poliziotti e pochi giudici che non sacrifichino la loro etica a quella dello Stato. Sotto il franchismo avete accettato la tortura e il disprezzo dei diritti umani in nome della logica dello Stato che avevate la gran faccia tosta di chiamare legge, eravate tecnocrati della repressione, tecnologia avanzata di pensiero, parola, azione e omissione."

"Lei è un nostalgico. Siamo in un'altra situazione."

"E domani? E se domani le chiedono di torturare e far sparire la gente? Se a chiederglielo è lo Stato, cioè la sua Spagna, lei cosa fa?"

"Quel che mi detta la mia coscienza, la parte più profonda dell'essere umano. La coscienza. Quel tempio interiore di cui ciascuno di noi è l'unico Dio. La parte più profonda di noi stessi. Di che cosa ride, Carvalho?"

"La parte più profonda dell'uomo è la pelle."

23.

Quasi non ricordavo più com'è fatta una donna

Gli facevano male le ferite e telefonò a Gilda Muchnik.

"Mi hanno riempito di botte. La invito a cena. La lasciano uscire, la sera?"

Il taxi tardò un'ora a portare la donna fino a Vallvidrera. Non aveva promesso niente. Si era limitata a riagganciare il telefono senza rispondere e Carvalho pensò che davanti a Gilda Muchnik si aprissero infinite possibilità, le più prevedibili: non dare retta alla chiamata, esitare, dare retta alla chiamata e una volta stabilito di darvi retta, costruirsi un alibi se le serviva o preparare corpo e spirito per andare a un assaggio alla cieca, un assaggio di compassione o di attrazione tra avversari. La donna che entra nella villa sottosopra di Carvalho guardando tutto come se tutto stesse dove non deve stare, sembra piuttosto un perito dell'assicurazione nell'atto di valutare gli effetti della catastrofe e lo stesso sguardo che dedica alle cose lo dedica ora all'uomo.

"Pensavo che sarebbe stato peggio."

"Ho il corpo pieno di lividi."

"Vuole un rimedio?"

"Bisogna scegliere tra un rimedio e preparare la cena. Lei sa cucinare?"

"No!" rispose Gilda sdegnata.

"Ci diamo del tu?"

La donna si strinse nelle spalle. Aveva spalle eccellenti, alte, con le ossa piccole ma con un'impalcatura perfetta, spalle da ragazza che ha fatto sport solo per avere un bello scheletro. Carvalho andò in cucina e manipolò gli ingredienti della pietanza. Prese un ago da cucina per cucire la carne, infilò lo spago sottile e si dedicò a unire i bordi dei quattro pezzi aperti che rivelavano la farcitura interna.

"Penso che tu non l'abbia mai mangiato ed è difficile da tradurre dal catalano. Galtes, galtes de porc. Sono le guance del maiale ripiene di foie, polpa trita e tartufo, squisite. Ma tu hai un cognome ebraico. Lo mangi il maiale? Ti piacerà."

In mancanza di risposta, Carvalho porta a termine il lavoro, passa velocemente le galtes in padella con un po' d'olio, aggiunge vino bianco, spezie varie, un bicchiere di brodo. Lascia che la brodaglia rosoli a fuoco lento, torna al soggiorno-sala da pranzo, Gilda non c'è. Accende il caminetto servendosi de *La verità sul caso Savolta* di un certo Eduardo Mendoza, uno scrittore con cognome da centravanti che aveva visto parlare in televisione sui privilegi dell'età. Aveva compiuto cinquant'anni, lo scriba, e aveva le palle di discutere dei privilegi dell'età. Carvalho contemplò malinconicamente le fiamme che arrostivano i personaggi del romanzo, Lepprince, María Coral, Pajarito de Soto, Cabra Gómez, il commissario Vázquez, Miranda, Cortabanyes, non siamo nulla, Mendoza, dai cinquanta in poi siamo tutto, ovvero nulla. Privilegi dell'età. Due mani di donna gli si posarono sulle spalle, Carvalho le trattenne e girò la testa verso di lei.

"Quasi non ricordavo più com'è fatta una donna."

Gilda odorava di donna nuda sotto l'accappatoio di Carvalho. Carvalho la seguì, ma mentre lei si infilava a letto, corse in cucina per fermare la cottura. Al suo ritorno la signora Olavarría, Muchnik da nubile, sporgeva per metà dal garbuglio di trapunta, coperte, lenzuola. Carvalho si sdraiò accanto a lei che gli passò una mano tra i capelli. Gli accarezzò le ferite segnalate dalla soluzione di Topionic, poi le baciò e le leccò. Carvalho ricevette tutte le punte di quel corpo e ricambiò con le sue, con le dita dialoganti, con il sesso intransigente, resuscitato dopo mesi di letargo. Lei ebbe l'estasi veloce, di fatto aveva già allargato le gambe indossando l'estasi. L'orgasmo fu tutt'altra cosa. Lento. Lungo. Carvalho si sentì costretto a continuare la ginnastica come se il suo figlio prediletto fosse ancora nelle migliori condizioni. A lei bastava la volontà del simulacro, Gilda apparteneva a quel tipo di donne che hanno l'orgasmo quando vogliono. Il partner è un immaginario e a Gilda, pare, piace l'immaginario Carvalho. Ritrovati il respiro e la sintassi, Gilda torna al piacere di baciargli le ferite.

"Che selvaggi. È incredibile. Dalla barbarie alla bellezza dell'amore, di fare l'amore. Sono così contenta di averlo fatto... È come aver speso in una notte oltre vent'anni di risparmi di schifosa rispettabilità. Come ti è venuto in mente di chiamarmi? Ti aspettavi di destare il mio senso di protezione vedendoti in questo stato? Soddisfatto?"

Carvalho la contempla evidentemente soddisfatto di sé.

"Che cosa direbbe tuo marito se...?"

Lei gli sigillò le labbra con un dito che rimase a giochererellare sul posto.

"Per fortuna, come tutti i mariti, è privo di immaginazione."

"Tuo marito non agisce da solo e tu sai benissimo quel che è successo e quel che sta succedendo. Da cosa fuggiva Helga, perché hai accettato di sposare Olavarría per proteggere tua sorella. Ma ormai nulla di tutto questo può servire."

"Serve solo a sgozzare quel maiale. Dargli addosso. Farlo uscire dalla mia vita."

"È possibile. È possibile se decidi di testimoniare e diventi il teste decisivo che denuncia la connivenza che si è creata per eliminare Rocco e Helga."

"Io?"

"Hanno ucciso tua sorella. Sei l'unica a conoscere sino in fondo la storia."

"Lo sai che cosa mi chiedi? Quella è gente che non affonda mai, sono come il sughero. Non affondano mai. Sanno sempre rendersi necessari. Non resusciterò mia sorella diventando il loro bersaglio. E i miei figli? Come mi guarderebbero se mi trasformassi in strumento di rovina del loro padre?"

Somigliava senza dubbio a Helga, ma era meno indifesa. Dietro l'arroganza seminuda di Helga nelle foto si intuiva la sua capacità di compassione, per tutto, per tutti. Era nata per essere vittima e si era limitata a nasconderlo finché aveva potuto. Si era rovinata da sola cercando di salvare due desaparecidos che non conosceva e l'avevano ammazzata perché aveva tentato di aiutare Rocco a testimoniare davanti al giudice Garzón. Percorse con gli occhi e le mani le carni belle e curate di Gilda e lei glielo lasciò fare anche se le veniva da ridere.

"Sembri un cieco. Mi palpi come i ciechi palpano la prima donna nuda della loro vita."

"Hai mai palpato un cieco?"

"No. Ma so che tu palpi come un cieco."

"Eri cieca quando accettasti di sposare Bobby, l'uomo che perseguitava tua sorella?"

"Adesso vedo tutto chiaro, ma allora non era tanto facile dire che la stava perseguitando, ricattando. Lui ci ronzava intorno, ballava o ronzava, come un ballerino e un serpente allo stesso tempo. Io vedevo che a Helga andava proprio di traverso, ma appunto per questo credevo che mia sorella fosse una presuntuosa e che io avrei capito meglio quel signore tanto educato, tanto ossequioso. Poi Helga scomparve. Fuggì in Spagna. Mi ritrovai da sola davanti al ballerino, davanti al serpente. In Spagna tutto mi fu chiaro. E poi, ciliegina sulla torta, ci fu lo stupro, il bambino."

"Ma non rompesti con lui."

"Avevo paura. Non è tanto facile uscire dallo spazio compreso nello sguardo del serpente."

Salta giù dal letto con tutta la profondità della sua pelle al servizio di carni brevi, armonicamente trotterellanti. Mentre si veste commenta:

"Bene, se gli stai addosso, se riesci a farlo, distruggilo e io ne sarò felice. Ti sembro una donna ragno? Una perversa ed egoista donna ragno? Una vedova nera, forse?".

"Mi sembra che in questo caso il mio ruolo non possa eccedere più di tanto. Più che distruggere qualcuno, devo almeno riuscire a salvare qualcuno."

"Me?"

"No. Tu ti salvi da sola. Ti liberi dalle angosce con qualche massaggio. Rimangono ancora delle vittime per la società Osorio & Olavarría."

"Già non ti piaccio più. Sei sazio. Desideri addirittura che me ne vada."

Desidera che se ne vada, ma non vuole esprimerle alcun rifiuto.

"Abbiamo tutta la vita davanti."

Gilda esamina di nuovo le cose già utilizzate, tra queste Carvalho.

"Se torno, prima passo a mettere ordine nel tuo paesaggio. Non sopporto il disordine. Cosa guardi? Non mi avevi visto, finora?"

Carvalho si limita a leggerla, come se decodificasse il suo sistema di segnali secondo la pretesa di Lifante, ed è di nuovo sincero quando commenta:

"Quasi non ricordavo più com'è fatta una donna".

24.

Chiude La Dolce Vita per decesso della padrona

La quasi inesistenza di calle de las Tapias impedì un raduno dei vicini per commentare la strana morte di Pepita di Calahorra. Per la strada ormai passano quasi solo vicesindaci che mostrano a urbanisti nazionali ed esteri come rimodellare la zona più infame di un quartiere di prostituzione. Centri civici, parchi, parcheggi, qualche impianto sportivo. Alla Dolce Vita è già arrivato l'ordine di demolizione e la ditta incaricata ha contribuito alla normalizzazione linguistica collocando l'insegna in catalano: Enderrocs Siurana. Biscuter è andato a vegliare la salma di Pepita all'Obitorio Sancho de Ávila, dov'è stata trasferita dal dispensario di Peracamps: overdose di eroina. Carvalho gironzola intorno al vecchio cabaret e sente arrivare miagolii disperati dall'interno. Il locale è stato sigillato dal giudice, ma Carvalho strappa via un foglio di compensato fissato con qualche chiodo; poco dopo da un buco saltano fuori i dodici gatti figliocci di donna Pepita, alcuni diffidenti, storditi di fronte alla realtà che li attende oltre il loro piccolo regno fortunato. I più sconcertati sono i più fragili e lo sguardo di Carvalho individua un gattino tigrato sul verde, mingherlino, con gli occhi di colori diversi. Ha l'impulso di prenderlo, ma quando l'animale piega il collo per sfregare la testa sulla sua mano, la mano si ritira e il cervello si oppone all'adozione di un intralcio all'operazione di vivere. L'assassinio della cagnetta Bietola aveva permesso a Carvalho, ormai vent'anni prima, di scoprire che non esistono dolori minori, adattati alla dimensione convenzionale della morte. Dovette camminare fino a plaza André Pieyre de Mandiargues per mettersi in contatto con quel che restava della prostituzione nel Barrio Chino, accampato alle frontiere delle riserve sottoproletarie, pronte ormai per Enderrocs Siurana, il piccone. Fu lì che la Gaditana gli disse che Pepita non si bucava, che era molto apprensiva e aveva una gran paura di prendersi un brutto male.

"Overdose, Pepita? Forse soltanto di vino di Malaga. Il vino di Malaga sì che lo mandava giù a fiumi."

Cayetano aveva seguito Carvalho fin da calle de las Tapias e lo lasciò sempre più attorniato da vecchie puttane desiderose di rendersi utili non sapevano a chi o a che cosa, tutte quante amiche di Pepita o Juanita o Paquita di Calahorra, faceva lo stesso. Cayetano salì fino a calle San Pablo e cercò la piazza aperta a spese di parte di calle Robadors e dedicata alla memoria di Salvador Seguí, in catalano el Noi del Sucre, vale a dire il Ragazzo dello Zucchero, un leader anarchico assassinato dai pistoleri dell'associazione industriali. Adesso continuavano ad assassinarlo gli urbanisti che gli avevano dedicato uno spazio urbano vuoto incorniciato da pareti sorprese, resti di case abbattute, facciate di miserie abbagliate dal sole apparso d'un tratto e un'umanità di vecchi, bambini, ragazzi, tra un soggiorno e l'altro nel carcere Modelo, oltre ai poliziotti che uscivano da un furgone permanente per sgranchirsi le gambe e la noia. Il ciccione se ne stava seduto su una panchina troppo bassa per il suo volume e finse di non notare il barbone che gli si era seduto accanto.

"Te la stai cercando, *ché*. Non hai rispettato nessuna parte dell'accordo, ma i soldi te li sei presi."

"Mi lasci fare a modo mio. Sarò di parola. Ma quel detective gira più del dovuto, l'ho lasciato a due isolati da qui circondato da amiche intime di Pepita di Calahorra. Perché l'overdose? Lei non si bucava."

"E lo dici a me? Di quel detective, non ti devi preoccupare. Lo tengo sotto controllo e a bada. So persino dove vivono i suoi parenti più lontani, l'unico parente che ha, uno zio vissuto a lungo in Argentina che ora lo vuole convincere ad andare lì per risolvergli un problema."

"Quello zio d'America vive in un superattico, in calle Marina. Alle porte del Villaggio Olimpico. Cerco di conoscere il terreno in cui mi muovo."

Il ciccione non voltò la testa per esprimere la sua sorpresa, voleva porre fine all'incontro quanto prima.

"Devi lasciarti incastrare."

"Per la morte di Pepita no."

"Quella di Pepita non c'entra. È una morte accidentale. Lo sai a cosa mi riferisco. Helga e Rocco. Adesso, adesso e subito. Mi lasci, te ne vai da Lifante e canti: non potevi sopportare che la Palita ti mortificasse con quel tizio dai capelli rossi e con il codino. Canti oggi, altrimenti il prossimo sarai tu."

"A modo mio, signore, a modo mio. Farò il mio dovere."

"Il tuo cadavere non avrà un bell'aspetto e nessuno lo troverà. A chi vuoi che interessi la tua scomparsa? Hai famiglia?"

"Ho avuto un nonno. Dei genitori. Una cugina."

"Dove?"

"In meridione."

Cayetano si mise in piedi e mormorò:

"Questa sera, al massimo domani sul tardi, farò il mio dovere".

Cayetano percorse quel che rimaneva di calle Robadors, appena due bar aperti per le penultime professioniste, in strada vecchi morti di sesso, dappertutto l'annuncio di Enderrocs Siurana. Svoltò per San Rafael, passò davanti al Casa Leopoldo e si ritrovò nella piazza aperta a spese di calle Aurora e calle Cadena. Proseguì per Aurora fino a raggiungere la porta di lamiera ondulata e arrugginita di un magazzino. Non c'era un lucchetto che assicurasse la porta al marciapiede e Cayetano la sollevò con cura perché la ruggine non la trasformasse in trucioli di ferraglia. Un capannone con le cacche di ratti come unico contenuto, più in là il rettangolo di luce di un cortile interno dove cresceva un fico, e intorno all'albero Bienzobas, Aguader, Pérez, la Reme e quel grandone del Piccolino. Il fico era riuscito a prosperare per cento, duecento anni, crescendo verso il sole dalla ciminiera del cortile interno, annaffiato regolarmente solo dallo sgocciolio dei bucati stesi, quando le case erano abitate.

"Non bisogna abusare di questi incontri" esordì Bienzobas. Non aveva mai guardato in faccia nessuno e non stava per fare un'eccezione. Di tanto in tanto osservava di nascosto i suoi compagni per controllare che fossero sempre lì o annuiva per spalleggiare l'oratoria della Reme, nota anche come la Pasionaria della Destra dell'Ensanche. La situazione, secondo la Reme, confermava una tesi da lei esposta più volte, la necessità di un'organizzazione stabile di senzatetto con le sue norme e i suoi statuti approvati secondo la legge delle associazioni.

"Di legale, nulla. Non se ne parla" si opponeva Pérez. "L'arrivo della democrazia mi ha beccato in carcere, quando eravamo talmente ingenui da mettere su un'associazione di detenuti. Tutti dissero che era magnifico, ma appena si presentava una rivendicazione, con chi se la prendevano? Chi le buscava? I compagni associati. Se menavano noi, immaginate cosa farebbero ai barboni. I condannati hanno uno spazio, una ragione sociale, il carcere, occupano uno spazio fisico. E noi?"

"Siamo venuti ad ascoltare i problemi del collega Cayetano e non a teorizzare" s'impose il Piccolino con l'appoggio esplicito di Aguader, che li ammonì in catalano:

"Un po' di buon senso, colleghi, altrimenti ce lo prenderemo di nuovo nel sedere e chissà che non ci piaccia addirittura".

Era la preoccupazione costante del vecchio Aguader, di beccarselo nel sedere e che la cosa gli piacesse. Cayetano compose l'immagine di Cristo appena deposto dalla croce con l'aiuto di Machado e Joan Manuel Serrat.

"Mi tengono crocifisso. Mi stanno addosso, e oggi è l'ultimo giorno prima che mi arrestino per affibbiarmi i due omicidi. Come posso resistere?"

"Prima di tutto, appena senti che la polizia ti mette una mano su una spalla, non importa quale," dettò Pérez, "esigi la presenza di un avvocato d'ufficio."

"E quando l'avvocato se ne va ti riducono uno stuoino."

"La cosa importante è arrivare dal giudice con qualche via di scampo."

"Per un giudice, un vagabondo, un senzatetto, è cacca di vacca, dannazione."

"Tu dammi retta, Cayetano."

"Colleghi, vi ho chiamati per parlare del giorno dopo. Immaginate che mi arrestino, che io mi lasci incastrare o che addirittura mi affibbino la morte di Pepita di Calahorra, quella della Dolce Vita, morta, morta di overdose: dunque voglio che raccontiate alla stampa quello che avete saputo in questi giorni di inchiesta."

Era il momento di Bienzobas. Continuava a non guardarli, soprattutto perché aveva tirato fuori un quaderno dalla tasca dei pantaloni che erano stati militari e per consultare gli appunti doveva sfiorarli con le pupille, ma nessuno dei suoi assistenti diede segni di impazienza, come se la faccenda fosse passata in buone mani e appena Bienzobas avesse coordinato la vista con gli appunti, la riunione avrebbe raggiunto il suo zenit.

"In Barcellona, addì del mese dell'anno... La data verrà posta al momento giusto ed ecco qui il risultato di molte ore di lavoro, nelle diverse zone di Barcellona in questo scritto tanto degnamente rappresentate."

Finalmente il cervello e gli occhi di Bienzobas avevano trovato il punto di partenza. I suoi compagni si sedettero ai piedi del fico e il discorso ebbe inizio.

25.

L'avvocatessa d'ufficio

Bienzobas aveva un'oratoria potente e la gesticolazione totalmente condizionata dallo sforzo di far sì che il quaderno non gli si scollasse dagli occhi. Non sopportava che gli dicessero di mettersi gli occhiali, soprattutto dopo che durante una rissa gli avevano rotto i migliori mai avuti nella vita, trovati in un cassonetto del Paseo de Gracia. Gli occhiali rovinano la vista, sosteneva, e quelli graduati ancora di più, perché li fanno male apposta, per farti spendere dall'ottico e dall'oftalmologo. Per cui si attaccò il foglio di carta agli occhi e improvvisò un riassunto secondo i dati ivi contenuti.

"Il lavoro più efficace è stato quello delle pattumiere. Abbiamo esaminato quelle che abbiamo potuto, all'interno della cerchia che ci avevi indicato, Cayetano. Quelle di Vía Layetana hanno dimostrato che lì la gente non impara la lezione e ci sono note del capo in cui commenta i rapporti con un certo Aquiles e i rischi di ricomporre gruppi operativi paralleli ispanoargentini. È la brutta copia di una nota inviata al Delegato del governo di Spagna. Degli avanzi lasciati dal cosiddetto Aquiles nell'Hotel Juan Carlos si è incaricata la figlia del Careto, che lavora lì come nettamerda di lusso. Inoltre, ci sono le chiamate dall'albergo di Aquiles in Argentina. È stato seguito nei suoi collegamenti con quegli stronzi in moto dalle teste rapate. Quanto al detective privato, tutto liscio come l'olio. Gli si è distrutto l'ufficio e abbiamo impegnato tre colleghi a fare l'inventario dei trucioli. Di quel tizio sappiamo tutto, anche del suo sguattero e di una certa Charo, che faceva la puttana telefonica e adesso lavora ad Andorra come receptionist, grazie a una spintarella di un'alta carica della Generalitat. Olavarría e Osorio stanno dietro al ciccione come Qui, Quo, Qua dietro a zio Paperino. Quanto alla Samuelson, si è nascosta con l'artista del Villaggio Olimpico e sono rintanati in una casa di Vallvidrera dalla quale escono soltanto fogli scritti in latino e dichiarazioni dei redditi e barattoli che odorano di lonza salmistrata. *Bref*, come dicono i francesi, tu Cayetano disponi di un triangolo di evidenze che sono la fine del mondo: l'argentino Aquiles, la cupola politico-poliziesca e i fascisti muscoletti-testerapate. Li riconoscerete dai loro rifiuti."

"Bene, molto bene, come al solito" aveva preso la parola Reme. "E adesso? I rifiuti sono una prova? Quale giudice accetterà i rifiuti come una prova?"

"Non fanno altro" ribatté Bienzobas.

"Immaginiamo che Cayetano si lasci incastrare. Come veicoliamo questa informazione?"

Cayetano si schiarì la voce e tirò fuori un foglio di carta protocollo piegato più volte; lo aprì e la sua bocca sdentata annunciò:

"Qui c'è tutto messo per iscritto e su carta protocollo con bollo da tre pesetas".

"Perché da tre pesetas?"

"Perché ho raccattato una partita di bolli da tre pesetas, scoloriti, difficili da incollare, da quel cassonetto in Rambla Cataluña, quello davanti al notaio."

"Questo qui trova di tutto."

La Reme e Cayetano si incamminarono insieme fino al parcheggio della Garduña, e da lì la donna si cacciò nella

Boquería in cerca di sardine sfatte che una pescivendola teneva da parte per le sue gatte. La Reme insisteva a dire che la cosa primordiale era l'Organizzazione, l'Organizzazione e l'Organizzazione, sempre, e quando questa Organizzazione avesse seguito un Programma, un Programma, un Programma, perché un giorno o l'altro i mendicanti avrebbero dovuto attraversare una fase costituente.

"Fanno una Ong da qualsiasi moccio. Perché noi niente?"

La Reme aveva militato in un partito più comunista del comunista e si notava, pensava Cayetano mentre si avvicinava al luogo dell'arresto, dove teneva il carretto con i suoi beni, luogo conosciuto anche da Lifante. Lo aspettavano come avvoltoi richiamati dall'odore di carogna. Gli dissero le cavolate di sempre, con lo scherno di sempre, e si sorpresero quando Cayetano dichiarò molto serio:

"Dato che si tratta di un arresto, e per di più reiterato, esigo la presenza del mio avvocato d'ufficio".

"Se è d'ufficio vuol dire che un avvocato non ce l'hai, pertanto non è corretto dire 'il mio avvocato d'ufficio'."

Ormai in commissariato, mentre Lifante faceva le sue precisazioni linguistiche, Celso Cifuentes un po' canticchiava c un po' gridava:

"Subito, un avvocato d'ufficio!".

Arrivò l'avvocato, che poi era un'avvocatessa. Biondina, tanto giovane da spostarsi con la carta d'identità in bocca, tanto timida da stringere la borsa con entrambe le mani, nel caso gliela rubassero i poliziotti; tanto bianca da sembrare vittima dei peggiori soli dei peggiori quartieri della città e con una voce da campanellino di vetro; insomma, pensò Cayetano, magnifico, magnifico, nel verificare l'effetto sedativo che la ragazza suscitava nei poliziotti. Chiese il permesso di appartarsi a parlare con la sua avvocatessa d'ufficio e Lifante glielo concesse.

"Parla. Parla. Tutto è più chiaro del sole."

Era rispetto e paura ciò che la ragazza provava per quello sporco straccio antropomorfico, senza denti e con gli occhi arrossati dal sonno e dalla malizia.

"Signorina, vogliono che io mi faccia incastrare."

"Qui non si parla di incastrare o di altre cazzate" disse la biondina con determinazione ma inciampando nella seconda zeta di cazzate, come se di solito non adoperasse quella parola.

"Lei come si chiama?"

"Cayetano Álvarez del Pas y Ruiz Uriales. E lei, signorina, il suo casato?"

"Margarita González."

"Io l'ho già vista nei Nou Barris."

"Vivo lì con i miei genitori."

Cayetano si toccò i gomiti e le strizzò un occhio.

"Io conosco mezza Barcellona, perché io vedo voi e voi non mi vedete o non mi volete vedere, capisce, signorina? Per un certo tempo mi sono dedicato a fare il barbone moribondo con un cagnolino addormentato e un cartello che diceva 'Ho fame!'. I cagnolini risvegliano la pietà della gente, più di noialtri. Un buon cane patetico, di quelli con gli occhi grandi e tristi, è una miniera d'oro. Ma le volevo dire, signorina, che mentre fai finta di niente puoi osservare la reazione della gente, arrivi a conoscerla e memorizzi molte facce. Allora, i Nou Barris, eh? Una figlia del popolo, si è guadagnata tutto con l'olio di gomito. Mi piace. Segua il mio gioco, signorina. Da figlio del popolo a figlia del popolo, non si scandalizzi, non si spaventi di niente, Cayetano ha sulle spalle molte notti dormite all'addiaccio ed è dormendo all'addiaccio che si impara il senso della vita, signorina. Lei deve avere amici nel mondo della stampa. Giornalisti giovani, della sua età, ancora non rovinati dagli interessi. Può mobilitarli? Noi barboni non abbiamo contatti con la stampa."

Lifante stava perdendo la pazienza, il suo amanuense si era già sistemato davanti alla macchina per scrivere in attesa del verbo di Cayetano.

"Tu collaborerai, Cayetano, perché abbiamo ore e ore davanti a noi e le cose sono chiare. Tu e la Palita mettete su una società diciamo di affari e amatoria, d'un tratto si presenta l'argentino, spezza la coppia e tu sopporti e sopporti, finché la pazienza si esaurisce, vai in tilt e ti si annebbia la vista."

"Follia transitoria" commenta Celso Cifuentes.

"Troveranno qualcosa di più spettacolare, Cayetano. Ti trascini per strada l'intera giornata. Ti chiuderanno in cella per qualche annetto, diciamo tre. Non di più. Trattato come un re."

Cayetano sorrideva, negava con la testa, offriva il suo miglior sorriso sdentato all'avvocatessa. All'improvviso, scoppiava a ridere. Poi piangeva.

"È proprio una persecuzione, non c'è giorno che non mi arrestino e mi spoglino nudo come mamma mi ha fatto."

"Nudo? Sei nudo, adesso? Tiri su la cresta perché hai la tua avvocatessa?"

"Sempre mi spogliano nudo, signorina, ed è risaputo che in carcere ti devi proteggere il culo e in commissariato i coglioni."

Lifante fece un cenno all'avvocatessa perché lo seguisse e le parlò protettivo in un angolo della stanza.

"La faccenda è chiara, signorina. Non ha ammesso tutto perché lei è qui davanti e la cosa più logica è che lei gli consigli di collaborare. Qui tra noi, è un caso minore, svoltosi in mezzo a gente fuori dal gioco. Che interesse possiamo avere a mettere quel tizio in catene? E il giudice? Gli dedicherà dieci minuti."

Ma lo sguardo di Lifante si è fatto acuto, da sopra la spalla della bionda ha visto Carvalho che cerca qualcuno o qualcosa nel corridoio.

"Mi scusi."

Lifante va verso il detective, ma poi corregge il suo movimento e attira l'attenzione con uno *ssst* che mette sul chi vive l'intera brigata. Carvalho si avvicina alla strana coppia composta dal semiologo e dalla ragazza scolorita.

"Turismo?"

"Cadaveri. La morte di Pepita di Calahorra grida vendetta. Questo caso si complica, Lifante."

26.

Il mito della caverna

"Che questo caso si stia complicando, è possibile. Ma voglio fare un riassunto a lei, Carvalho, e all'avvocatessa d'ufficio. Quella disgraziata, Helga, la ragazza che avrebbe potuto essere Emmanuelle, si imbatte nel suo amore di altri tempi. I migliori anni della sua vita. La gioventù, lei è una vittima dell'alcol e lui della metafisica. Angosce concrete, astratte, e la vagabonda torna al paradiso della gioventù, alla purezza, alla generosità, aiuta Rocco, forse pensa di cominciare una nuova vita. E poi riappare morta, selvaggiamente e calcolatamente morta. Bene. Avrebbe potuto essere qualsiasi altro barbone, Cayetano per esempio, rifiutato dopo l'arrivo dell'argentino."

Rodríguez scuote la testa dubbioso.

"Cayetano aiutava Rocco. Io ero con lui proprio il giorno in cui voleva localizzarlo."

"Cosa avevi visto? Cosa avevi sentito? Quello che Cayetano voleva farti vedere e sentire. Può essersi preparato tutto per restare al di fuori di ogni sospetto. Sta di fatto che lui è seriamente candidato a essere l'autore dei due delitti."

"E la padrona della Dolce Vita?"

Lifante dedica un mezzo sguardo a Carvalho e risponde senza affrontarlo:

"Cos'hanno a che vedere le pere con le seghe? Overdose".

"La sola overdose conosciuta da Pepita di Calahorra era quella a base di panini con tonno e maionese, vino di Malaga e bicchieri in genere per abbindolare i clienti."

Lifante passa sopra il cadavere di Pepita di Calahorra e quello di Carvalho.

"Ma quale barbone è in grado di ucciderla in un posto e portarla in un altro? Diversi? Un regolamento di conti? Cayetano ha avuto dei complici per il trasporto del cadavere. Bisogna metterlo alle strette. Questo è tutto. Non c'è altra soluzione."

Chiamano Lifante da sopra, Celso Cifuentes indica il cielo come se segnalasse la seconda residenza di Dio Padre. Appena l'ispettore se ne va, su Carvalho si concentrano gli sguardi di esclusione dei poliziotti, sguardi che Carvalho finge di non ricevere.

"Se aspetta qualcosa, lo aspetti fuori."

Gli segnalano il corridoio ed è lì che va Carvalho, lasciando la biondina abbandonata alla sua volontà di vigilanza sull'interrogatorio. Tira fuori un sigaro dalla tasca destra della giacca e lo accende con calma, studia la brace, si lascia ipnotizzare da questa nella penombra, nel corridoio quasi buio sul quale si aprono gli uffici. Lifante è già in presenza dei capi, non soltanto il capo, i capi. A quanto pare il caso della barbona richiede un nuovo conclave.

"A lei non gliel'hanno mai messo dentro piegato in due?"

"Se quel che vuole insinuare è se qualche volta me l'hanno messo in culo, nossignore."

"Ci sono molti modi di metterlo in culo. A noi l'hanno messo piegato in due, Lifante. Del caso della barbona assassinata e di Rocco Cavalcanti conosciamo soltanto le ombre che ci hanno lasciato vedere ed è ora di chiudere quanto prima quest'imbarazzante faccenda. Quante probabilità ci sono che l'assassinio della padrona della Dolce Vita abbia qualcosa a che vedere con quello della barbona?"

"Tutte."
"Vada al sodo."
"Mi serve che non appaiano altri cadaveri."
"Questo lo possiamo garantire, ma ci serve un assassino ovvio, di quelli che non spingono ad andare oltre. Capisce?"
"Farò il possibile."
Nell'anticamera del capo di nuovo un ciccione che gli pare di ricordare, come se fosse un ciccione dell'organico, dell'organico proprio in quanto ciccione. Lifante torna nel suo ufficio con la testa d'uovo illuminata dalle consegne. La testa di Lifante sembra una lampada a globo di design nordico. Lo infastidisce che Carvalho lo aspetti, che lo abbordi.
"Lei sa che tutto questo ha messo in moto un corpo operativo speciale."
"Non mi risulta l'esistenza di questo corpo operativo speciale. I fatti sono quelli che sono. Le persone e le situazioni emettono segnali dai quali traggo le mie conclusioni."
"Lei vede quello che le vogliono far vedere. Io e lei siamo due passi all'interno della stessa situazione. Ci troviamo entrambi all'interno della stessa caverna, Lifante. Ricorda il mito della caverna? I padroni della realtà ci lasciano vedere gli avanzi della realtà, e a lei arrivano mediante segnali, segnali che a loro avanzano. A me arrivano sensazioni, gesti, spazzatura logica, rifiuti logici. Appena ti avvicini al potere, la cosa si complica e non soltanto per me. Vedo che lei non solo non sa nulla di nulla, ma non sa di non sapere nulla di nulla. Ha un vantaggio che io non ho."
"Quale?"
"Che lei può accettare questo specchietto per le allodole senza farci una malattia perché ubbidisce a ordini dall'alto. Io però devo proteggere la mia cliente. Sarà lei la prossima vittima?"
"Chi è lei?"
"Dorotea Samuelson."

"Non ci saranno altre vittime."

"Dorotea Samuelson e Dieste, l'attore."

"Che stiano bravi e zitti e non ci saranno altre vittime. Belli zitti loro e lei. D'accordo che io non so tutto quello che voglio sapere, ma lei non vada in giro a spifferare quello che non sa. Capito?"

Gli volta le spalle, ma prima di tornare dai suoi, Lifante si gira verso Carvalho, deciso a finirsi il sigaro seduto in corridoio. L'ispettore guarda il sigaro. Guarda lui.

"È un Partagás Grand Connaisseur e non voglio fumare un sigaro del genere per strada. In strada i sigari non hanno odore."

"Un giorno parleremo del mito della caverna. Non mi ha colpito. Io scelgo i casi che mi consentono di andare a cento all'ora. Questo non si merita i cento. Solo che ho bisogno di un colpevole. Non si può sapere sempre tutto di tutto."

"Una volta lo raccontai, credo a un altro poliziotto. Passi la vita come un verme a percorrere il dritto di una foglia desideroso di scoprire cosa c'è dall'altro lato. Cosa c'è? Il rovescio. E come un verme ti trascini per vedere cosa c'è oltre il rovescio. Cosa c'è?"

"Il dritto. Bella metafora. È sua?"

"No. Di Kazantzakis o di Zorba il Greco. È lo stesso."

Lifante si stringe nelle spalle, entra in ufficio, si avvicina alla finestra e vede il Questore uscire dal palazzone a passo veloce e con un'agilità mal sopportata dal ciccione che gli sta dietro. Il capo ha rifiutato qualsiasi intervento delle guardie alla porta, gli è bastato un semplice cenno della testa. È andato verso la sua macchina. Il ciccione si è precipitato ad aprirgli la portiera e prima che il Questore vi salisse, il ciccione ha tentato di stringergli la mano, mano che è stata accettata.

"È l'ultima volta che ci vediamo ed esigo da lei un accordo. Non voglio sapere che parte abbia recitato lei in tutto l'accaduto, ma non voglio che nessun altro continui a recitarla. Tutto rimarrà come un delitto tra barboni, ci sono indizi a sufficienza. Ma finisce qui. Nient'altro. Basta. Capito?"

"Parola di gentiluomo cadetto della Marina argentina."

Aquiles si era messo la mano sul cuore. Lifante torna dalla finestra e recupera l'immagine. Cayetano in piedi con la faccia d'agnello sgozzato, l'avvocatessa d'ufficio seduta in punta di sedia, la gonna tirata sulle ginocchia, la borsa ben protetta tra le mani. I poliziotti intenti a guardare qualcosa, personale o altrui, le unghie, un calendario lontano, il riflesso del sole sulla facciata del vicolo sul retro.

"Io detto una confessione, un'ipotesi di confessione, Cayetano, e se ti piace la sottoscrivi, se non ti piace ti avvali dei tuoi diritti costituzionali e ricominciamo da capo o lasciamo la faccenda nelle mani del giudice. Tutto indica te come autore almeno della morte di Palita e la logica della situazione induce a pensare che sia stato sempre tu a far fuori Rocco. Capisco, noi tutti capiamo, che eri pieno di passione, di risentimento, di sdegno giustificabile. Non fare il duro, Cayetano, che di duro non hai niente e, dopo quel che ti è capitato, in strada non puoi tirare avanti manco due giorni."

L'avvocatessa saltò su.

"Cosa insinua, signor Lifante? Di quali minacce si serve per far pressione sul mio cliente? Cos'è che sa, lei?"

"Cayetano sa, meglio di me e di lei, che dopo l'accaduto, in strada per lui non sarà uno spasso. Spiegaglielo tu, Cayetano."

C'è panico negli occhi del barbone e scoppia in singhiozzi, bave e grida.

"È vero! Sono stato io! Sono stato io!"

27.

Mi dicesti che eri fanciulla

Dieste dirigeva la rifinitura del make up di Dorotea. Lei si stava mettendo il rossetto, premendo le labbra una sull'altra.

Si guardava allo specchio.

"Come ti pare?"

"Sembri una troia, una vecchia troia. Ma se mi si drizzasse, saresti mia. Bella."

"A sessant'anni non si è belle, stronzo. Il giorno che ti si drizza, faccio pubblicare un annuncio su 'La Vanguardia'."

"Io leggo soltanto la stampa argentina affidabile, di importazione: 'Caras', 'La Maga' e 'Página 12'..."

"Pubblico?"

"Bene. Quasi pieno."

"Il gagliego?"

"Pure."

"Pure, cosa?"

"C'è pure lui e pure lui è pieno, pieno di sé. Quello è un cretino, ma un cretino con buone e cattive incazzature. A volte gli spuntano fuori quelle cattive e a volte quelle buone. Ti spiego di cosa tratta lo spettacolo. Ci sono pezzi post-Piazzolla che comprendono anche lui, ma il leitmotiv sono i paradossi. Parla di fanciulle con e senza fiore, dei fantasmi della gioventù, delle corruzioni dell'età adulta. Finisce con il mio tango, mio, completamente mio. Lo canterai tu."

"L'impresario ti rispetta perché dice che sei un filosofo. A cosa servono i filosofi? Con il marxismo hanno smesso di avere un senso. E gli antropologi? Io preferisco gli antropologi, ma per ragioni di eufonia. Antropologia è una parola totale. Il tuo tango si addice alla filosofia, all'antropologia?"

Dieste cercò di ricordare. Finalmente canticchiò: "Mi dicesti che eri fanciulla/ma lo eri di una madame...".

Dorotea acciuffò le parole al volo e continuò a cantare.

"Che ti fece far la troia senza chiederti/se era per gusto o per stufare. Antropologia pura, culturale. Mi piace."

"Prenditi una fiaschetta di grappa. Se ti senti giù di corda, mandane giù un sorsetto, o anche cento. Un po' brilla, il tango riuscirà meglio. Vorrei che ti venisse fuori quella voce tenera e insieme straziata di una Varela, capisci?, oggigiorno non c'è più una voce come quella di Adriana Varela. Ricordati il tono che adopera in *Afiche* o in *Malena*. Non l'Adriana Varela stilizzata di *Volver*, no, voglio quell'Adriana Varela che sembra una fresca anticipazione di Chavela Vargas."

Dorotea rimase tra le quinte mentre la rappresentazione andava avanti, bevendo dalla fiaschetta e studiando le reazioni di Carvalho, ieratico come il padre di tutte le sfingi. Infine Dieste le fece strada nell'ultima scena, presentandosi sul palcoscenico del tango vestito come un barbone tanto degradato da offendere comicamente l'intelligenza del pubblico.

"Adesso sono impotente. Im... potente. Signori, se mi trovate a letto con le vostre signore, non vi offendete. L'avrò fatto per cortesia, per nostalgia o perché sono un attore shakespeariano e come Falstaff dico: 'Umana condizione in cui il desiderio sopravvive alla potenza!'. Ma tutte le donne che vengono a letto con me non hanno nemmeno bisogno di incipriarsi il naso, e la colpa è stata di un mio primo amore pieno di paradossi. Il mio primo amore aveva due paradossi, uno qui e l'altro qua. I due paradossi in alto ti aprivano lo stomaco, ma quello di sotto, quello di sotto era come una bocca piena di denti, chi vi entrava finiva divorato. La porta stretta di Dante! Per me si va nella città dolente. L'inferno è la fica degli impotenti, la conchiglia, come la chiamiamo nel nostro paese. A quella conchiglia io ho dato la mia gioventù. Ero talmente giovane da non avere nemmeno bisogno del calendario, e neppure dell'orologio. E ora mi vedete qui, in questo stato. È stata la mia rovina. Le ho dato tutto quello che avevo perché non potevo darle quello che non avevo. E lei mi disse che era fanciulla..."

Indicò alla sua sinistra e il riflettore illuminò l'apparizione di Dorotea, puro rimmel e rughe sommerse nel makeup di un color arancione slavato dalle luci. Gambe nude avvolte nella rete nera, scarpe di vernice rossa con tacco e uno scialle di Manila che Manila non l'aveva neanche vista. Il bandoneón attacca come un avvertimento e si trascina una raffica di sentimenti in cui il respiro affannoso degli spettatori naufraga per far emergere la voce avvarelata e acchavelata di Dorotea Samuelson.

Mi dicesti che eri fanciulla
ma lo eri di una madame
che ti fece far la troia senza chiederti
se era per gusto o per stufare.
Non ti dissi mai dammi la marchetta
per te non fui mai un macrò
fu ben diverso, tu mi lasciasti
senza fronte, coda, sonno e senza soldi.
Ricatti teneri
di malafemmina
te la filasti con uno sciacallo
mi lasciò vuoto
in mezzo alle gambe
il freddo triste di un truffatore.
E ora lavoro agli angoli della strada
tendo la mano fino a stufare

il coglioncello o la furbastra
e anche se disprezzo, qualcosa mi danno.
Non ti dissi mai dammi la marchetta
per te non fui mai un macrò
fu ben diverso, tu mi lasciasti
senza fronte, coda, sonno e senza soldi.
Ricatti dolci di femmina ladra
scommettesti su uno stallone
che ti lasciasse
tra le gambe
tutte le furie di un uragano.
Ricatti teneri
di malafemmina
te la filasti con uno sciacallo
mi lasciò vuoto
in mezzo alle gambe
il freddo triste di un funerale.

Quando il gagliego andò a salutarli nel camerino improvvisato, chinò ripetutamente la testa davanti a Dorotea e l'applaudì con la punta delle dita.

"Ormai ho esaurito la mia quota di argentinità, ma ci ho preso gusto. Forse accetto la richiesta del mio zio d'America e me ne vado a Buenos Aires a cercare il cugino Raúl. Vado tanto per andarmene. Non c'è nulla di veramente mio a Buenos Aires. Ma chissà."

"E noi?"

"Tranquilli. Lifante deve rispettare un accordo."

"E la verità di questa storia?"

"Eccessiva. Una verità che va oltre noi. Sono tante le verità che eccedono. Quella della Santissima Trinità, per esempio."

Carvalho lasciò Dorotea impegnata con le ultime riserve spirituali della fiaschetta, mentre Dieste cercava di correggerle alcuni aspetti della sua interpretazione.

"Quando dici... tu mi lasciasti, senza fronte, coda, sonno e senza soldi... buona parte del pubblico e soprattutto quello di qui non ti capisce, usi termini del lunfardo. Pertanto devi partecipare di più, con il tono di voce, con lo strazio, devi tradurlo in quello che il pubblico può capire se ci metti tutta te stessa, la tua vita."

"La vita."

Brontolò malinconicamente Dorotea. La vita, si disse Carvalho diverse volte mentre non andava da qualche parte. Tornava nel suo ufficio a fare il bilancio con Biscuter come gli era stato richiesto? Andava a casa sua a Vallvidrera? Scriveva a Charo una lettera di rincontro o di commiato? Me ne vado a Buenos Aires, eccome se vado a Buenos Aires. Invece arrivò nel suo ufficio, dove Biscuter aveva appena finito una cena frugale, capo, una frittatina di baccalà con cipolle e pane e pomodoro. Ne è rimasta metà. Lei ha cenato, capo? Si prese la metà di frittata al baccalà e le due fette di pane e pomodoro che gli aveva preparato Biscuter, due bicchieri, tre, quattro di vino del Cosechero, Rioja Alta.

"Continuano a spuntare morti, capo. Helga, Rocco, la povera Pepita di Calahorra e a farsi incolpare di tutto sarà quel buono a nulla di Cayetano. Roba da non crederci."

"Hanno bisogno di crederci."

"E la deontologia?"

"Ho fatto molto di più per la mia cliente che per qualsiasi altro caso. Le garantisco la vita. Le ho detto chi è l'assassino e in più la metto in salvo dall'assassino."

"Chi è l'assassino?"

"La Storia, la guerra sporca. Il passato. Il passato è il luogo dove abitano le cause, vale a dire i colpevoli. Per questo i colpevoli insistono tanto sull'inutilità del passato. Vogliono un mondo senza colpevoli ma quando la cosa risulta impossibile, quando il passato resuscita la colpa, i colpevoli tornano a uccidere, tornano a essere quello che sono sempre stati. Assassini."

28.

Il cuore e altri frutti amari

Cayetano è vestito ma con le mani davanti alle parti intime, la bocca aperta, vuota di denti, di molari, d'aria, finché l'avvicinarsi di due poliziotti gli detta le parole.

"La faccenda dei soldi è stata il meno. Era il disprezzo. Mi trattava come un fenomeno da baraccone, era lei quella intelligente, quella che era stata sul punto di essere... Che ne so! Emmanuelle."

L'avvocatessa aveva alzato una mano, come per chiedere permesso a Lifante di correggere il suo cliente. Ma Lifante non glielo concesse e Cayetano le inviò qualcosa di simile a una strizzata d'occhio e proseguì la confessione.

"La colpii perché la smettesse di insultarmi e la pugnalai per deviare i sospetti, ma anche per dimostrarle che pure io avevo un'immaginazione. Non hai immaginazione, mi ripeteva. E l'ultima pugnalata gliela diedi lì, sì, lì, lì, dove pensa lei, e le dissi: beccati questa, così lassù in alto non scoperai."

Cayetano indicò il cielo e sorrise, ma poi il sorriso gli si spense perché Lifante si era avvicinato alla sua faccia e gli aveva preso il mento tra due dita, dure, crudeli.

"Che cos'hai detto? Dove l'hai pugnalata?"

"Lì sotto. Nella fica. Nella conchiglia, come diceva lei."

"Gliele hai date al cuore, due, una dopo l'altra!"

"Non avrei mai osato! Al cuore, no! Non mi faccia del male, signor Lifante!"

È una richiesta per far intervenire l'avvocatessa d'ufficio, le dita di Lifante stavano per afferrargli il mento di nuovo.

"Non avresti osato! Eppure gliel'hai date nella fica, secondo te!"

Cayetano salta in preda a un attacco di rabbia che si trasforma in epilessia. Cade a terra con gli occhi rovesciati e la bocca piena di saliva. Occhi e mani si avventano su di lui ma senza il coraggio di fare qualcosa.

"Qualcuno gli metta una matita sotto la lingua! Se si morde la lingua e se la taglia, non può parlare."

"Ma sbava..."

"Devo farlo io?"

Lo fa il master in nuova povertà e mendicità, mentre Lifante cerca di ricomporre la situazione. L'avvocatessa lo interroga sulla verità delle pugnalate, sulla puerilità di nascondere quello che si verrà a sapere al processo. Al cuore, al cuore, ripete Lifante due volte, come se lui medesimo stesse dando o ricevendo due pugnalate di seguito al cuore. Dunque il mio cliente è innocente, proclama la biondina, voi tutti avete sentito che ha sbagliato nell'indicare le pugnalate, qualcosa o qualcuno l'ha costretto a prendersi la colpa. Le parole uscite dalla boccuccia senza trucco della biondina inteneriscono lo stato maggiore di Lifante. Il mio cliente è innocente. Cayetano è della stessa opinione quando riprende conoscenza.

"Io non ho ucciso nessuno. Quando mai ho avuto una mazza da baseball? Il ciccione mi aveva messo paura."

"Adesso spunta fuori un ciccione."

"Il ciccione mi aveva detto che nessuno se la prende per la scomparsa di un barbone e che dovevo collaborare, che un delitto passionale è abituale, soprattutto tra barboni. Disse che alla società non interessa il codice dei mendicanti ed è molto indulgente con le sue trasgressioni, come lo è con il codice degli animali. Non sei stufo, Cayetano, di guardare i documentari alla televisione in cui una bestia bruttissima ne divora una incantevole? Forse che la gente se la prende con la bestia bruttissima? No. È la legge della giungla. Voi barboni avete il vostro codice. E io ero tanto spaventato. Voi mi spaventate così tanto, soprattutto lei, Curro, mi spaventa molto."

"Ma che cazzata!"

"E poi quel ciccione con i suoi bulli. Mi hanno picchiato con le mazze da baseball sugli stinchi. Per questo ho chiesto un avvocato d'ufficio. Inoltre, gira la voce che in Spagna i barboni vengano adoperati come cavie per le guerre batteriologiche e i virus creati in laboratorio."

"Ci mancava anche questa."

Cayetano chiese di parlare con Lifante da solo e avanzò zoppicando fino all'angolo scelto dal poliziotto.

"La storia del ciccione argentino, ispettore, non me la sono inventata. E qui, in questa casa lo conoscono. Glielo giuro. L'hanno visto entrare più di una volta per incontrarsi con il suo signor capo, con il signor capo di lei, Lifante. Capisce?"

Cayetano gli stava rivolgendo uno dei suoi migliori sorrisi sdentati, sulle labbra le migliori salive del più spettacolare attacco epilettico. Lifante prese la giacca e uscì masticando tra sé:

"Che firmi quello che vuole e se ne vada. Questo barbone non ci serve. Cercatene un altro".

Cayetano non uscirà fino alle prime luci dell'alba. I giornalisti, compagni di studi preuniversitari dell'avvocatessa di ufficio, aspettano davanti a una porta, ed è la stessa biondina a portarsi via Cayetano da quella principale. Scendendo Vía Layetana, Cayetano recupera la sua aria da gran barbone e invita la sua avvocatessa a mangiare in una bettola vicino a Santa María del Mar, dove accettano gente vestita come lui.

"Ho detto loro delle pugnalate nella fica perché ero sicuro che non c'erano state, e se non c'erano state, come potevo avergliele date io? Nella vita ho imparato che quando ti condannano a vivere come una bestia feroce bisogna accettarlo oltre a quel che ti costringono ad accettare, molto oltre, solo così riesci a spiazzarli. Non mi sorprende che l'abbiano pugnalata al cuore. Aveva un cuore molto rude, ma anche molto grande e molto ferito. Una volta un medico mi disse, o forse l'ho letto, che nel cuore rimangono le cicatrici di tutte le disgrazie che ci sono capitate."

Cayetano affondò il coltello nella pesca, due volte. Margarita chiuse gli occhi e non si portò la mano al cuore finché non fu sola, ormai in strada, mentre Cayetano le gridava:

"Ti manderò un regalo! Ho soldi! Più soldi di quelli che puoi guadagnare tu in tutta la tua vita come avvocato d'ufficio! Grazie, bionda!".

Doveva recuperare il suo carretto e camminò sugli stivali delle sette leghe superando il parco della Ciudadela e cercando di raggiungere il Pueblo Nuevo residuale, dove si trovano i nascondigli migliori, un'officina di macchine abbandonata. Spostò il carretto sotto al quale apparve una lastra metallica. Cayetano aveva già pronta la leva e la lastra cadde come una gigantesca moneta accanto al buco che copriva. Cayetano si gettò a terra, infilò le braccia nell'orifizio e quando le tolse, la punta delle sue dieci dita afferrò un lercio fagotto poco pesante. Sciolse il fagotto e dall'interno spuntarono indumenti, un nécessaire promozionale della Lavanda Puig e un involucro di carta da giornale. Il barbone si rasò con l'aiuto di un secchio d'acqua, si lavò le superfici visibili e quelle invisibili le coprì con un vestito a scacchi principe di Galles, completo a doppiopetto con gilet abbinato a una camicia azzurra e a una cravatta Hermès ripescata da un cassonetto di Pedralbes, ricucita da Palita. Lì c'erano le migliori scarpe mai possedute in vita sua, anch'esse recuperate dal cassonetto di

Pedralbes, marca Church, assai prossime a chiamarsi Churchill, indizio della loro origine inglese e molto importante. Non c'erano specchi ma Cayetano sapeva di non essere più Cayetano e si sentì ancor di più un'altra persona quando dal pacco avvolto in carta da giornale tirò fuori un libretto di risparmi de La Caixa e una manciata di banconote da diecimila pesetas che contò e ricontò. Mezzo milione. Distribuì il denaro nelle varie tasche del vestito, cacciò gli indumenti scartati nel buco, riposizionò la lastra di ferro e rimase a contemplare il carretto. Accarezzò le architetture dei cartoni, si allontanò di qualche passo e mollò un calcio al carretto facendolo cadere a terra. Se ne andò a piedi verso le nuove spiagge del Villaggio Olimpico che albeggiava e si sedette su una panchina affacciata sul ricongiungimento tra il Pueblo Nuevo e quella nuova Barcellona, Nueva Icaria, come l'aveva battezzata la pubblicità immobiliare prima dei Giochi. Sapeva che Carvalho sarebbe passato da quelle parti mentre andava a casa di suo zio a interessarsi di un possibile viaggio in Argentina. Sapeva che il ciccione non poteva essere lontano ed era importante ritrovarli e che non lo riconoscessero.

Carvalho arrivò alle undici di mattina. Verificò il numero della scala e premette il campanello del superattico. Il ciccione lo aspettava da un pezzo a un angolo della strada. Cayetano gli passò accanto, addirittura costeggiando il volume che occupava sul marciapiede, e continuò a camminare. Sarebbe tornato a casa. Casa sua era una cugina di secondo grado che aveva una merceria a Santander, ma con quel vestito, il libretto di risparmio dove erano andate a finire tonnellate di cartoni raccolti e cinquecentomila pesetas in tasca, Santander sarebbe stato una festa. Avrebbe fatto come suo nonno. Ogni mattina una passeggiata a piedi nudi lungo la spiaggia del Sardinero, per poi mettersi le scarpe e salire fino al quartiere residenziale intorno al Palacio de la Magdalena. Magari talvolta avrebbe ricordato Palita, ma da viva, mai come quando l'avevano costretto a colpirla in testa con quella mazza e poi lo sbruffone tutto muscoli aveva attaccato a pugnalare il corpo morto o che sembrava morto per terminare con due pugnalate al cuore, una, due. Che amarezza, quanta amarezza aveva provato per quelle due pugnalate inutili. In fin dei conti, lui l'aveva ammazzata per salvarsi. Lei avrebbe fatto altrettanto? Non ne era sicuro. Palita aveva un qualcosa di eroico che lo sconcertava. Non era una barbona nel senso stretto del termine e troppe volte era stata disposta a giocarsi la vita per qualcosa di più che conservarla.

Indice